ベリーズ文庫

独占溺愛
～クールな社長に求愛されています～

ひらび久美

STARTS
スターツ出版株式会社

目次

独占溺愛
～クールな社長に求愛されています～

6

終わらない終わり

「詩穂《しほ》のことは本当に好きだ。だけど、もうどうしようもないんだ」

ローテーブルの向こうで、浅谷弘哉《あさたにひろや》が言った。六歳年上の三十三歳。穏やかでいつも優しい彼が、今日は整った顔を悲しげに曇らせている。

三週間ぶりに部屋を訪ねてきて、いったいなにを言い出すのだろう。詩穂は不安に襲われながら、恋人の話の続きを待つ。

「会社の会長である父が……俺の社長就任の条件として、取引先銀行の頭取の令嬢と結婚しろと言ってきた。父には詩穂のことを話したんだけど……会社社長の嫁にはその地位と家柄に見合った女性でなければ認められないと言われたんだ」

「そんな……。私と弘哉さんは……三年も付き合ったじゃないですか。弘哉さんの下で一生懸命働いてきたのに……それじゃダメなんでしょうか？」

弘哉の表情は悲しそうなままだった。詩穂は膝の上でギュッと両手を握って続ける。

「だったら、もっともっとがんばって出世します！　そうして少しでも弘哉さんの地位に近づけたら……弘哉さんと釣り合う女性になれませんか？」

必死でそう言ったが、現実的にはそれはとても難しいことだとわかっていた。ひとつ上の主任になるためにだって、いったい何年働かなければならないだろうか。

弘哉は首を左右に振った。

「問題はそういうことじゃないんだ。会社の業績が思ったよりも悪化していて……このままでは銀行に融資を打ち切られかねない。俺が頭取の娘と結婚すれば、娘婿の会社を潰すようなことはできなくなるだろうから……会社を救う策でもあるんだ」

そんな理由で恋人と別れなければならないなんて。

詩穂はすがるように弘哉を見た。

「俺だって詩穂と結婚できないのはつらいんだ。だけど、社員を路頭に迷わせるわけにはいかない。どうかわかってほしい」

弘哉が苦しそうに表情を歪めて詩穂を見た。好きな人のそんな顔を見たくなくて、詩穂は視線をローテーブルに落とす。

(ほかの社員を犠牲にして、弘哉さんの会社を危険にさらしてまで、彼を好きだという気持ちを貫くことは……許されないことなのかな……?)

「それに、親も交じえて二週間前に会って……近々結納をすることになったんだ……。もう後戻りできない」

その言葉に、詩穂は自分の想いを貫くことは許されないのだと知った。唇《くちびる》を強く嚙《か》みしめ、スカートの生地を強く握って、泣き出したいのをどうにかこらえる。

「詩穂ならわかってくれるだろう？」

彼が言った通り、もうどうしようもないのだ。

詩穂は無言で頷《うなず》く。

「すまない」

弘哉が右手を伸ばして、詩穂の肩に触れる。

「だけど……さっさと結婚して落ち着いたら、またここに来る」

「え？」

「毎週は無理だけど、バレないように一ヵ月に一回くらい。そうだな、金曜日の夜なら大丈夫だろう。出張とか取引先との会食とか言ってごまかすよ」

弘哉の言葉の意味がわからず、詩穂はぽかんとした。

「なにを言ってるんですか？」

「詩穂とは結婚してやれない。だけど、付き合いを続けることはできる。ふたりきりで会うことはできる」

「それは……つまり、私にあなたの愛人になれと？」

「結婚できない以上、そうするしかない」

詩穂は弘哉の顔をまじまじと見た。彼は真剣な表情だ。

「私……私、弘哉さんのことは誰よりも好きです。でも、愛人にはなれません」

「どうして？」

「どうしてって……社会的に認められない関係になってまで、弘哉さんと付き合い続けたいとは思いません」

弘哉がローテーブルを回って、詩穂の隣に両膝をついた。

「詩穂、いったいなにを言ってるんだ？　俺のことを誰よりも好きだと言ったばかりじゃないか」

「離してください」

両肩を掴《つか》まれ、詩穂は顔を背ける。

「嫌だ」

弘哉に顎を掴まれ、無理やり顔を上げさせられた。そのまま唇に彼の唇が押し当てられ、詩穂は目を見開く。

弘哉のことは、いくら結婚できないと告げられたとしても、まだ好きだ。けれど、こんなことが許されるはずがない。詩穂も彼の婚約者も裏切る行為だ。

詩穂の心の中に怒りのようなものが生まれる。

「やめてください。放してっ」

「嫌だ。詩穂、俺のそばにいてくれ」

弘哉に抱きすくめられ、詩穂は振りほどこうと必死で抵抗した。けれど、男性の力には敵わない。

「こんなこと、間違ってます……っ」

「好き同士なら間違ってない」

ラグの上に押し倒され、弘哉の唇が首筋を這う。両手のひらを彼の胸に押し当て、どうにか逃れようとするが、詩穂を抱きしめる彼の両腕にさらに力がこもる。

好きだという気持ちとダメだという気持ちが、心の中でせめぎ合う。嫌なのに逃れられない。それは政略結婚を余儀なくされた弘哉と同じかもしれない。

詩穂が目をギュッとつぶると、目尻から涙がこぼれた……。

頼りなげな顔をするから

「はー……」

詩穂は橋の欄干に両腕をかけて顎を乗せ、深いため息をついた。見下ろした川面はどんよりと濁っている。いや、濁っているのは川のせいではない。映っている空が今にも泣き出しそうだからだ。案の定、ポツポツと小さな滴が降ってきて、川面に次々と波紋を作り始めた。詩穂のネイビーのスーツにも、マロンブラウンのセミロングの髪にも、秋雨がしとしとと降り注ぐ。

弘哉の会社を退職して二ヵ月になる今日は、ある会社の中途採用試験の日だった。会社に向かっていたとき、青い顔で歩道にうずくまっているおばあさんを見つけ、放っておけずに病院まで送っていった。そのため採用試験に大幅に遅刻してしまい、事情を説明して残りの時間で筆記試験を受けさせてもらえたが、時間が足りず、結局三分の一くらいしか解答できなかった。どう考えても不採用決定だ。

なかなか景気が上向かないこのご時世、たいした資格も持たない自分が再就職しようと思えば、大変なのはわかっている。いったい何社受ければ採用にたどり着けるのか。そもそも自分を採用してくれる企業なんてあるのだろうか。

　惨めな気持ちが募り、もう一度ため息をついた。不覚にも目が潤んできたけれど、雨が降ってくれて逆に好都合だ。

「ふ……っ」

　嗚咽が漏れないように唇を噛みしめたとき、唐突に雨がやんだ。怪訝《けげん》に思って顔を上げると、頭上に黒色の男物の傘が差し掛けられている。

「大丈夫、ですか？」

　気遣うような男性の低い声が聞こえてきて、詩穂は右側を見た。詩穂の顔を見て、男性が「ああ」とつぶやき、一転してぞんざいな口調になる。

「やっぱり小牧《こまき》だった。似てるなとは思ってたんだよ」

　スタイリッシュな黒のスーツを着こなし、一六三センチの詩穂を余裕で見下ろすその長身の男性は、詩穂の大学時代の同級生、須《す》藤《どう》蓮《れん》斗《と》だった。

「げっ、須藤くんっ⁉」

　少し甘さを感じさせる端整な顔立ちの彼は、詩穂とは正反対の人生勝ち組の男。こんな状態のときにはできれば会いたくない類いの男の姿を見て、詩穂は反射的に体を起こした。

「『げっ』とはご挨拶だな。久しぶりの再会だってのに」

「久しぶりって言ったって、去年の十二月にゼミの同窓会で会ったじゃない」

「もう十ヵ月も前の話だ。それより、こんなところでなにやってんだ？　まさかこの寒いのに、川に飛び込もうとかしてないよな？」

蓮斗に顔を覗《のぞ》き込まれ、詩穂は顔を背けて手の甲で涙を拭《ぬぐ》った。

「そんなわけないでしょ」

「そうか」

蓮斗は小さく息を吐いて続ける。

「天気予報を見てないのか？　今日は夕方から雨の予報だったんだぞ」

「ちゃんと傘は持ってる。ちょっと濡れたかっただけ」

蓮斗が苦笑する気配があり、詩穂はチラッと彼を見た。彼は笑みを噛み殺そうとするかのように口元を歪めていた。

「相変わらずだな」

「どういう意味よ？」

「無駄に強がりってこと」

「ほっといて」

詩穂は黒いバッグを開けて、折りたたみ傘を取り出した。それを広げて差し、蓮斗の傘から出る。

「それじゃ、さようなら」

蓮斗のいない方へと足を踏み出したとき、彼に右肘を掴まれた。

「なによ」

詩穂が振り返り、蓮斗は小さくため息をついた。

「ちょっと付き合えよ。飲みたい気分なんだ」

「はぁ？　なんで私が。須藤くんなら、声をかけたらすぐに飛んできてくれそうな女の子の知り合いが、何人でもいるでしょうに」

「そうでもないんだよなぁ」

いつも強気だった彼が、珍しく気弱なセリフを吐いている。そのことが意外で、詩穂は思わず蓮斗を正面から見た。

「……なにかあったの？」

「なにかあったのは、小牧もだと思うけど」

探るように見つめられ、詩穂はぐっと言葉に詰まった。

詩穂は負け組。蓮斗は勝ち組。なにかあったのだとしても、話を聞けば余計に惨めになりそうだ。

「悪いけど、ほかを当たって」

蓮斗の手を振り払おうとしたが、彼は詩穂の肘を離さなかった。

「当たれる〝ほか〟がないって言ったら、付き合ってくれるのか？」

詩穂は蓮斗を睨《にら》んだ。淡く微笑んだ彼の表情が寂しげに見える。大学時代、男女を問わずたくさんの友達に囲まれていた彼が、そんな顔をするなんて……意外だ。彼の表情に、ずっと心の奥底に押し込めていた気持ちが、せり上がってきそうになる。

私だって寂しい。

詩穂は大きく息を吐いた。

「わかった。私も飲みたい気分だったし、そこまで言うなら付き合ってあげる」

「サンキュ」

蓮斗が手を離し、ニッと笑った。

「でも、あんまり高級なところはやめてよ」

詩穂の言葉に、蓮斗が首を傾《かし》げる。

「どうして？」

「どうしてって……」

失業中で節約しなくちゃいけないのだと正直に話すのは、しらふではつらい。

詩穂は口の中でもごもごと答える。

「こんな……地味なスーツだし」

「それじゃ、俺が行こうと思ってた居酒屋でいいかな？　学生時代に何度か行った店なんだけど」

「いいよ。この近く？」

「ああ」

蓮斗が歩き出し、詩穂も並んだ。詩穂は大学入学とともに地方から出てきて、ここ大阪でひとり暮らしを始め、そのまま就職したので、住所は大学時代と変わっていない。蓮斗もそうだろうか、と思って、彼にそう訊《き》いた。

「いや、大学を卒業して一年後に引っ越した。ここから地下鉄で二駅のところだ」

「そうなんだ。それなのに、今日はどうしてここに？」

用事でもあったのだろうかと思う詩穂に、蓮斗が答える。

「この近くに俺が学生時代を過ごしたマンションがあって……この辺りは俺にとって思い出の場所だから」

「原点に帰ってみたくなったってわけ？」

「ま、そんなところかな。今から行く居酒屋は……俺にとって、確かに原点と言える場所だから」

勝ち組だと思っていた蓮斗だが、原点を訪ねたくなるようなことがなにかあったのだろうか。

そんなことを考えながら歩いているうちに、バス停の近くにいくつも店が見えてきた。焼き肉レストラン、串焼き専門店、そしてどこにでもありそうな居酒屋。

「あのお店？」

詩穂が指差すと、蓮斗は頷いた。

「うん。安くてうまいから、学生の味方だった。仲間と集まって飲みながら起業計画を練ったんだよなぁ」

蓮斗が懐かしそうに言った。『起業計画』という言葉に苦い気持ちを覚えながら、詩穂は彼が開けてくれたドアから中に入る。

「いらっしゃいませ！」

アルバイトと思しき若い男性店員が明るく声を張り上げた。もしかしたら詩穂たちの大学の後輩かもしれない。夢も希望もたっぷり持っています、と言わんばかりのはつらつとした様子がうらやましい。

「二名さまですかぁ？　こちらへどうぞ！」

　ひたすら元気な声の店員に案内されて、詩穂と蓮斗は壁際の四人掛けの席に着いた。ひととおり注文して店員が去ってから、詩穂はボソッとつぶやく。

「若いっていいなぁ」

　蓮斗が苦笑した。

「なに言ってんだよ。俺ら、まだ二十八歳じゃないか」

「私、まだ誕生日が来てないから二十七歳だも～ん」

「変わらないだろ。二十七でそんなこと言ったら、ほかのサラリーマンやＯＬに怒られるぞ」

　蓮斗が店内を見回しながら言った。金曜日の夜らしく、カウンター席もテーブル席も九割近く埋まっていた。ビジネスマンふうの客が多いが、学生らしい若者の姿もちらほら見られる。

「……そうだね」

　詩穂は気のない返事をこぼした。ほどなくして詩穂の前にレモンサワーが、蓮斗の前に生ビールが運ばれてきた。

「とりあえず乾杯、かな？」

蓮斗がジョッキを持ち上げ、詩穂もグラスを取り上げてカチンと合わせた。

「乾杯」

ひと口飲むと、弾けるような炭酸とともにキリッとしたレモンの酸味が口の中に広がった。

「はぁ、おいしい」

シュワッとした喉ごしと爽やかな味につられて、ゴクゴクと飲む。

「小牧とふたりで飲むのは何年ぶりだろうな」

蓮斗がジョッキをテーブルに戻し、枝豆をつまんで言った。

「んー？　ふたりで飲んだのは、大学の起業コンペの前が最後だったんじゃないかな？　だから、六年前？」

「そんなになるか？」

蓮斗が驚いたように目を見開いた。

「たぶんね」

あの頃はまだ、蓮斗のことを対等に張り合える友達で、ライバルだと思っていた。そのときの気持ちを思い出し、詩穂は顔をしかめた。心なしかレモンの苦みが強まった気がする。

「俺さ、今度おまえに会ったら、訊こうと思ってたことがあったんだ」

改まった調子で切り出され、詩穂は海鮮サラダを小皿に取りながら身構える。

「え、いきなりなによ……」

「おまえさ、同窓会で会ってもいつもそっけないじゃないか。俺、おまえに避けられるようなこと、なにかしたか？」

蓮斗は右肘をついて手で顎を支え、じぃっと詩穂を見つめる。

「や、別に私、須藤くんのこと、避けたつもりはないけど」

そう言いながらも、それは嘘《うそ》だとわかっていた。詩穂自身、わざとそうしていたのだから。

「俺のこと、嫌いなのか？」

どこまで本気かわからない問いかけに対し、詩穂は冗談っぽく笑って返す。

「あれ～、バレてたぁ？」

「俺は真面目に訊いてるんだけど」

蓮斗が真顔になり、詩穂は唇を引き結んだ。だけど、本当の理由は言いたくなくて、笑顔を作って答える。

「まさか、須藤くん、私があなたのことを好きだとでも思ってたの？　それは自意識過剰もいいとこだよ～。いくらモテてたからって」

「好かれてるとは思ってなかったけど、嫌われてるとも思ってなかった」

「じゃあ、好きでも嫌いでもない、普通ってことで」

詩穂は「あはは」と笑いながら、サラダを口に入れた。けれど、動揺しているせいか、味がわからない。

「……本当は俺がうらやましかった。違うか？」

低い声が胸にずしんと響いた。心を見透かされ、詩穂の顔から笑みが消える。蓮斗の顔を見ることができず、レモンサワーを一気に空にした。

「すみませ～ん、レモンサワーのおかわりください」

詩穂は店員に声をかけた。そうやって時間稼ぎをしていることすらお見通しらしく、詩穂が視線を前に戻したとき、蓮斗はさっきと同じ片手で頬杖《ほおづえ》をついたまま、詩穂を見ていた。

「だから、俺を避けてたのか？」

詩穂は視線をテーブルに彷徨《さまよ》わせた。レモンサワーを一気に飲んだせいか、顔が熱くなって頭がぼんやりしてくる。それで気が緩んだのか、それとも目の前の蓮斗が思ったよりも優しい表情をしていたからか、つい本音がこぼれた。

「うらやましかったのは本当だよ」

そのとき、おかわりのレモンサワーが運ばれてきた。そのグラスを両手でギュッと握って話を続ける。

「私、須藤くんのことはライバルだと思ってた。起業コンペでお互い優秀賞をもらって、ほぼ同時期に起業して……。まさによきライバルだと思ってた」

起業計画に優秀賞をもらって、大学から補助金を受けて起業したものの、詩穂の会社は三ヵ月で赤字に転じ、七ヵ月後、大手企業に買い叩《たた》かれた。それでも、売却金額を赤字の補填にあてることができ、負債は背負わずに済《す》んだ。けれど、手元になにも――会社も友情も夢も――残らなかったことは、今でも心の中に濁ったなにかとして淀んでいる。

一方の蓮斗はアプリの開発会社を立ち上げた学生起業家として注目され、雑誌や新聞の取材を受けるくらいの大成功を収めた。企業規模は拡大を続けて、今では株式市場に上場している。

「須藤くんをライバルだと思うなんて、ずうずうしかったよね」

詩穂は力なく笑ってグラスに口をつけた。湧き上がってくる苦い感情を押し返すように、レモンサワーを喉に流し込む。

「小牧が起業したのは……インターネットのサイトで手工芸品を販売する会社だったよな」

　蓮斗が低い声で言った。

「うん。手作りを趣味にしている女性や高齢者の利用を想定してたんだけど……」

「ちょっと時代を先取りしすぎたのかもしれないなぁ」

「そんなことないよ。だから、潰れたんだよ」

「いや。買収した企業は、今、地方の名産品なんかも取り入れて、サイトを大きくしてるよ」

「資金とかノウハウとか……私にないものをいっぱい注ぎ込んだんでしょ」

　詩穂はそっけなく言って、焼き鳥に手を伸ばした。

「それでも、小牧が種を蒔《ま》いて育てた事業だ」

　それを聞いて、なにか熱いものが込み上げてきた。蓮斗の言葉は、詩穂にとって〝黒歴史〟であった起業を肯定してくれている。友達や家族の前でさえ強がって、弱音を吐いたことはなかったのに、今、目の前の男に話を聞いてほしいと思った。

「……本当は妬ましかったんだ。腹が立つくらい妬ましくて嫉妬《しっと》してた」

　詩穂は焼き鳥の串を握ったままつぶやいた。

「友達も多くて、モテて、先生からの信頼も厚くて、論文も大学のオンラインジャーナルに掲載されて……。おまけに起業コンペでは同じ優秀賞だったのに、末路はまったく逆だし。あ、違う。須藤くんの会社は好調だから、末路なんて言い方はおかしいよね」

詩穂は目に涙がじわじわと浮かび、それをごまかすようにぺろっと舌を出した。

「そんなふうに醜い心だったからなのかな～……。大学を卒業して就職したら、最初の会社は就職後一年で潰れたし、次に就職した会社は……辞めざるをえなくなって辞めたし」

「辞めざるをえなくなったって？」

蓮斗が怪訝そうな顔になった。

「私……会社の部長と付き合ってたんだ。六歳年上のステキな人。総務部の上司で……あるとき仕事をねぎらって食事に連れていってくれたの。始まりはお酒を飲んでそのまま……って感じだったんだけど、私のことは大切にしてくれてた」

そう信じてた、と心の中でつぶやいて、詩穂は続ける。

「実はその人は会長の息子で……付き合ってることはみんなには内緒だったの。でも、付き合ってもうすぐ三年ってときに……その人が社長就任と同時に取引先銀行の頭取のお嬢さんと婚約して……」

「だから小牧が邪魔になってそいつに辞めさせられたのか？」

蓮斗の声に怒りが交じった。詩穂は苦い笑みを浮かべて首を左右に振る。

「ううん。私から辞めた」

いくら説得しようとしても、弘哉は詩穂と別れることを頑なに拒んだ。そばにいなくなれば、もう弘哉も詩穂と関わろうとしなくなるのではないか。そう思って、弘哉が社長に就任したあと、会社を退職したのだ。

だが、そのことは蓮斗には言わずにおいた。婚約者のいる男性と、そうと知ったうえで関係を持ち続けてしまったことが後ろめたかったからだ。

「取引先銀行の頭取のお嬢さんと婚約したのは、経営危機の会社を救うためだったそうだけど、そういう政略結婚って小説やドラマの中だけの話だと思ってたんだ。それが本当に……しかも自分の身に起こるなんてびっくりだよ」

そして退職して以来、ずっと求職中だ。

「二十七歳で資格もなにもないと、再就職にも苦労するね。親にも仕事を辞めたって言えてないし」

詩穂は深いため息をついた。蓮斗が左手を伸ばして、そっと詩穂の頭に触れる。

「つらかったな」

頭を撫《な》でられ、詩穂は目頭が熱くなるのを感じた。それをごまかすように、そして蓮斗の優しい手から逃れるように、さっと背筋を伸ばす。

「子ども扱いしないで」

「してないよ」

蓮斗が左手をテーブルに置き、わずかに首を傾げて詩穂を見た。その表情が今まで見たことがないくらい温かくて、胸がじぃんとしてくる。つらくて惨めで罪悪感にまみれた失恋、誰にも話せなかった行き場のない想い。それを吐き出せたことで、ほんの少し心が軽くなった気がする。

「それより、須藤くんこそどうなのよ。飲みたい気分だって言ってたじゃない」

「ああ……」

蓮斗は右手で前髪をくしゃりと握った。そうして迷うように視線を落とす。

彼ももっと飲めば愚痴を吐き出せるだろうか？　蓮斗のジョッキはすでに空になっている。

「生ビールのおかわり頼む？　それとも、高級ワインをボトルで頼む？」

詩穂の言葉に、蓮斗はクスッと笑った。

「居酒屋に高級ワインはないだろう」

「それもそうか。じゃ、生ビールにするよ」

詩穂は店員に合図をして、蓮斗にはビールのおかわりを、自分にはグレープフルーツサワーを注文した。やがてドリンクが運ばれてきて、詩穂は自分のグラスを蓮斗のジョッキに軽く当て、彼に話を促す。

「で？」

「『で』って？」

蓮斗が苦笑した。

「次は須藤くんの番。ほらほら、お姉さんに話してごらんなさい」

「なに人生経験豊富みたいなふりしてんだよ。おまえの方が年下だろ」

「だから、誕生日が来てないだけで同い年だって」

大学時代にもこんな他愛ない軽口をよくやりとりした。

（須藤くんとは……ゼミも同じでこんなふうに仲良くしてたのに……友達だったのに……）

彼の成功が妬ましかった。そしてそんな負の感情を抱いてしまう自分が嫌だった。

なによりいつでも女の子に囲まれてチヤホヤされている彼を見るのが腹立たしく

て……詩穂の方から距離を置くようになったのだ。ゼミの同窓会でも、彼は変わらず気さくに話しかけてくれたというのに。

自分の心の狭さが、たまらなく恥ずかしい。

詩穂は小さく咳払《せきばら》いをした。

「人生経験は豊富じゃないけど、愚痴くらいならいくらだって聞いてあげる」

蓮斗は視線を逸らしてジョッキを取り上げた。

「弱音を吐くのは好きじゃないんだ」

「私だって好きじゃないけど、話したんだよ。だから、次は須藤くんの番」

蓮斗はビールを数口飲んで、深く息を吐き出した。そうしてボソッと言う。

「アメリカからの留学生をアシスタントとして受け入れたんだ」

「会社に？」

蓮斗は頷いた。

「ああ。インターンシップってやつだ。二十二歳の大学生でさ。父親がアメリカでスマホゲームの開発会社の代表取締役をやってるけど、自分は日本のゲームが好きだから日本で働きたいって言って。すごく明るくて熱心で、正社員以上に一生懸命働いてくれた。かわいがってたんだ。そして、いろいろ教えた。今思えば、教えすぎたんだ」

　蓮斗が苦い表情になった。

「辞めちゃったの？」

「ああ。卒業後も引き続いて働いてくれると思ってた。それが……父親が倒れたって連絡があって、辞めて帰国した」

「お父さんが倒れたんなら仕方なかったんじゃない？」

「そう思ってたよ。だから、辞めたとはいえ大切な部下でもあったし、ときどきはメールでお父さんの容態を尋ねたりしていた」

「優しいんだね」

　蓮斗は小さく苦笑した。

「でも、こっちが敵対的買収をしかけられて忙しくしている間に、しばらく連絡しなかった時期があって……会社の部下に『企画中だったゲームアプリとまったく同じものを、アメリカのスマホゲーム開発会社がリリースしてる』って教えられたんだ」

「えっ、まさか」

　詩穂は目を見開いた。蓮斗は小さく肩をすくめる。

「信じられなかったよ。そのゲームをリリースした会社のホームページを見たら、その元インターンが取締役副社長になっていた」

「ひどい！　そんなのって訴えたりできないの？　ほら、なんとか権侵害とか」

蓮斗は諦め顔で首を左右に振った。

「いろいろ調べたんだけど……極秘情報への不正アクセスとか、具体的な証拠を挙げられなかったんだ。こっちが買収対策に忙殺されている間にリリースされたから、買収も策略の一環だったのかなとか疑心暗鬼になったよ。そもそもインターンとして働き始めたときから裏切るつもりだったのか、とか考えたら、三ヵ月前のこととはいえ、正直まだつらい」

蓮斗が視線を落とした。その顔があまりに痛々しくて、詩穂は思わず右手を伸ばして、彼の頭を撫でた。

「信じて心を預けていた人に裏切られるって……本当につらいよね」

詩穂の目が勝手に潤んできた。相手が恋人であろうと部下であろうと、信じていた相手に裏切られるのは苦しすぎる。

蓮斗の痛みを我がことのように感じて、詩穂は彼の頭を撫で続ける。

「つらかったんだね。泣いていいんだよ」

「泣いてるのはおまえだろ」

「え？」

蓮斗に指摘され、驚いて瞬きをした拍子に、目にたまっていた涙が頬を伝った。

「あっ」

「気づいてなかったのかよ」

蓮斗はかすかに微笑んだ。詩穂は照れ笑いを浮かべて手を引っ込めようとしたが、その手を蓮斗が握った。

「須藤くん?」

「ありがとうな」

やけに真面目な表情で言われて、詩穂はドギマギする。

「なにが? あ、撫で撫でしたこと? もっとしてあげようか?」

そう言ってごまかした。蓮斗が小さく苦笑する。

「子ども扱いは、もういいかな」

「そっちが先に……っ」

したんでしょ、と言おうとしたが、言葉が出てこなかった。蓮斗が詩穂の手を握ったまま、自分の頬に押し当てたのだ。詩穂の手のひらに、張りのある蓮斗の肌が触れている。

「な、なに」

詩穂が手を引こうと力を入れると、蓮斗は詩穂の手を離した。

「ときどき小牧って、こうやって優しいんだよなぁ」

「ときどきって……失礼ね。私はいつだって優しいよ」

「自分で言うか？」

「優しくなかったら、須藤くんとこうして飲んでないって」

「おまえな〜」

蓮斗は小さく息を吐いてから、そっと笑みを浮かべた。

「小牧って、なんだかんだ言って、結構、面倒見がいいんだよなぁ。大学時代だって、起業コンペで行き詰まっていた友達を、励まして力になってやってたし。『自分のライバルなのに助けてどうすんだよ』って言ってるやつもいたのにな」

「友達だったからね」

その友達は、詩穂が受賞した優秀賞よりふたつ下の奨励賞を獲得した。起業の夢は叶《かな》わなかったが、詩穂の受賞を自分のことのように喜んでくれた。

「そうだな。友達なら裏切らない。一緒に起業した友達は今でも大切な仲間だ」

「その点、恋愛ってホント面倒くさい……」

弘哉から逃げるように退職したことを思い出しながら、詩穂は深いため息をついた。

「元カレを見返してやろうとは思わないのか？」

「見返す……って、彼よりもステキな恋人を見つけるってこと？」

詩穂は視線を落として、弘哉の顔を思い浮かべた。起業に失敗し、就職先が倒産し、自分の人生にはいいことなんてなんにもないんだ。そう思っていた詩穂を、好きになってくれた人だ。彼の隣に居場所をくれたことが嬉《うれ》しくて、一生懸命尽くした。彼好みの清楚なファッションに、彼好みのナチュラルなメイク。本来の詩穂は清楚で控えめなタイプとは程遠かったけれど、弘哉が望むならと、そう振る舞った。

今思えば、無理をしていなかったとは言えない。

詩穂は首を小さく左右に振った。

「しばらく恋愛はいいかな……。なにより仕事を探さなくちゃいけないし」

沈んだ気持ちでグラスにそっと口をつけた。視線を感じてふと顔を上げると、蓮斗が心配そうに詩穂を見ている。

「見返す……っていうのは、新しい恋人のことだけじゃなく、小牧がそいつと付き合っていたときよりも輝くって意味で言ったんだ。昔の……大学時代の小牧のように」

（大学時代の私……？）

夢と希望に溢《あふ》れていて、怖いものなどなにもなかった頃だ。不可能なことなんてなにもないのだと、根拠もなく信じていた。そして、その信念ゆえに無謀なことにも挑戦できた。

そんな当時を思い出すと、甘酸っぱいような切なさを覚える。

「ああ、ごめん、湿っぽい空気にしちゃったね！」

詩穂は過去を振り払うように明るく言って、グラスを持ち上げた。

「よし、今日を限りに元カレのことを過去の思い出にするぞ！　というわけで、景気づけに乾杯！」

「何回乾杯する気だよ」

蓮斗は苦笑しながらも、ジョッキを持ち上げて詩穂のグラスにカチンと合わせた。

そうして大学時代の思い出話や近況を肴《さかな》に、会いたくなかったはずの蓮斗とおいしくお酒を飲んで、笑ってはしゃいだ。居酒屋を出たときには、詩穂はすっかりいい気分になっていた。

「いや～、ありがと！　おかげで前に進めそうだわ！　須藤くんって意外といいやつだったんだね～、うん、ありがとありがと」

酔いの回った詩穂は、ほてった顔で笑いながら、蓮斗の背中をバシバシと叩いた。

「いって〜な。手加減しろよ、酔っ払い」

そう言いながら、蓮斗は詩穂の髪をくしゃくしゃと掻《か》き乱した。

「や〜め〜て、バカ」

詩穂は蓮斗の胸に手を当てて彼を押しやろうとした。けれど、詩穂より二十センチほど背の高い彼は、酔っ払いにちょっと押されたくらいではビクともしない。

「大丈夫か？」

「大丈夫、大丈夫！」

「酔っ払いの『大丈夫』ほど信用できないものはないぞ」

「大丈夫だってば」

蓮斗は詩穂を支えるように、左手で右肘を掴んだ。詩穂は感謝の気持ちを込めて彼を見上げる。

「ホントに大丈夫。今日、須藤くんに会えてよかった。飲みに誘ってくれたのが、須藤くんで本当によかった。ありがとう」

詩穂が微笑むと、蓮斗は照れたように頬を掻いた。

「……よかった」

「須藤くんってこんなにいいやつだったのに、私ってば、どうしてあんなに避けちゃったんだろう」

「それは飲みながら、俺が妬ましかったんだって白状しただろ」

「うわー、考えてみたら、私ってすごく嫌なやつだったよね。自分の一方的な感情で須藤くんを避けたりして。それに、腹が立つとかいっぱい言っちゃったし。私のこと、嫌いになったんじゃない？」

　詩穂が心配して問うと、蓮斗は目を細めて微笑んだ。

「嫌いになってたら、今ここにいない」

「だったら、私たち、まだ友達だって思っていいよね？」

「なにを今さら」

「だって、同じ経営学部で、同じゼミで、同じ起業コンペで張り合った仲だもん。正直に思ってたことを伝えたせいで、友情が壊れたら嫌なんだ」

「それはない」

　蓮斗は左手をそっと詩穂の肩に回し、詩穂を抱きかかえるようにして支えた。蓮斗の逞《たくま》しい体をすぐ近くで感じて、安心する反面、鼓動がリズムを速める。

（どうしてこんなに優しくしてくれるんだろう……。そうか、須藤くんは最初から優しい人だったんだ）

詩穂は顔がのぼせたように熱くなり、赤い顔で蓮斗を見上げた。蓮斗は真顔で詩穂を見つめる。

「それ以上……っていうのはないのか？」

「それ以上って？」

詩穂は首を傾げた。蓮斗は迷うように視線を動かしてから、口を開く。

「友達以上ってこと。友情以上の……」

蓮斗が続きを言いかけた瞬間、詩穂は強烈な吐き気を覚えた。

「うっ……気持ちわる……っ」

「えっ！　ちょっと待て！　おまえ、家この近くだったよな？　もう少し我慢できるかっ？」

蓮斗の焦《あせ》った声が降ってくる。

言葉を返す余裕はなく、詩穂は浅い呼吸を繰り返しながら、右手で彼のスーツのジャケットをギュッと握った。胸がムカムカして、胃の辺りが熱くて、頭がぐるぐる回って……。

こんなにも近くにいるのに

紅茶のいい香りがして、詩穂は幸せな気分で大きく息を吸い込んだ。ベルガモットの独特の高い香りだ。詩穂が大好きなアールグレイの香り。

それを認識した瞬間、詩穂はハッと目を開けた。視界に映るのは丸いシーリングライトのある白い天井。視線を左にずらすと、ライトグリーンのカーテンが見えた。見慣れた詩穂の部屋のものだ。ひとり暮らしの詩穂の部屋で、詩穂が寝ているのに紅茶の香りがするはずがない。

いったい誰が紅茶を淹《い》れたのか？

詩穂はガバッと起き上がった。肩にかかっていたブランケットが太ももに落ち、自分がブラジャーとショーツしか身につけていないことを知る。普段なら、決してそんな格好で寝はしない。

（そうだった……私、昨日、須藤くんと飲んだんだ。それなのに、こんな格好で寝てるなんて……まさか……）

酔った勢いで彼と寝たのか！

「イヤーッ！」

思わず悲鳴をあげたとき、壁で仕切られたキッチンの方で物音がした。

「小牧っ、どうした！」

驚いた声を上げて、スーツのズボンとワイシャツ姿の蓮斗がベッドルームに駆け込んできた。詩穂の姿を見て、頬を染めて横を向く。

「きゃあああああ！」

詩穂はブランケットを頭から被り、ベッドの上で体を丸めた。

「もう最悪！　なんてことしてくれたのよぉう！　友達だって信じてたのにぃ……」

泣きそうになったとき、蓮斗の慌てた声が聞こえてくる。

「待て、待て待て！　俺はなにもしてない！」

「嘘よ……。だって、私、こんな格好だもん……」

目にじわじわと涙が浮かんできた。蓮斗と再会して、心の中でモヤモヤしていたものを吐き出して、おいしくお酒を飲んだ。きっと立ち直れると思ったのに、またどん底に突き落とされた気分だ。

「お酒の勢いで寝るのだけは、もう絶対にやめようと思ってたのにぃ……」

弘哉とのことを思い出し、もう終わりだと思った。蓮斗との友情なんて、もう砕け散った。

「だから、落ち着けって！　俺は責められるようなことはなにもしていない！　むしろ、やったのは小牧の方だろうが！」

「私がなにをしたって言うのよ……」

詩穂はブランケットの隙間から目だけを出して、恨めしげに言った。

「昨日、居酒屋を出て『気持ち悪い』って言ったの、覚えてないのか？　どうにか小牧のマンションまで連れていったら、おまえ、部屋に入るなりトイレに駆け込んで吐いたじゃないか」

「えっ……!?」

「そのまま床でぐったりしてるから、汚れた服を脱がせてベッドまで運んだんだ。吐いてすっきりしたのか、おまえはそのまま寝てたけど、心配だったから朝まで付き添ってたんだよ！」

「ホントに……？」

詩穂はブランケットからおそるおそる顔を出した。ふたり掛けのソファを見ると、背には男物のスーツのジャケットとネクタイが無造作にかけられていた。蓮斗はどうやらそこに座って、詩穂を見守ってくれていたらしい。

蓮斗は右手でくしゃくしゃと髪を掻き乱して、あくびを噛み殺した。目の下にクマができていて、本当に眠そうだ。

「ま、悲鳴をあげられるのは二日酔いにもならず、元気だって証拠だよな」

蓮斗はマグカップを持ったまま、ソファに座った。ひと口飲んで息を吐く。

「キッチン、勝手に使わせてもらったぞ。カフェインを摂取しないと眠くてたまらないんだ」

ふわんとベルガモットの香りが漂い、さっきの香りは蓮斗が紅茶を淹れていたからなのだと詩穂は気づいた。

「ご、ごめんね」

詩穂は肩からブランケットをかけて首から下を隠しながら謝った。

「いいって。安心しろ。小牧が俺を友達だって言うのなら、俺は小牧を裏切ったりしないから」

そう言って、今度はあくびをした。ローテーブルの上にマグカップを置き、クッションを抱えてソファに横になる。

「悪いけど、ちょっとだけ寝かせてくれ。さすがに徹夜はきついんだ」

「ホントに一睡もしないで、ついててくれたんだ」

「そう言ったろ」

「……ありがとう」

「どうってことない」

蓮斗はぶっきらぼうに言って目を閉じた。詩穂はローチェストの上に視線を動かした。置き時計の針は九時半を指している。

「朝ご飯食べて帰る？」

詩穂は蓮斗に視線を戻したが、返事の代わりに規則的な寝息が聞こえてきた。よっぽど眠たかったのだろう。

（心配してついてくれたのに……疑うなんて悪いことしたな。せめてものお詫びにおいしい朝食を用意しよう）

詩穂は手早くシャワーを浴びて着替えて、遅い朝食の準備に取りかかった。普段ならトーストとインスタントのスープ、紅茶くらいで済ませるが、今日は土曜日だ。おまけに蓮斗にお礼として振る舞うのだから、少しくらいは手の込んだものにしよう。

「といっても、作れるものは限られてるけど……」

冷蔵庫を覗き、卵があったのでスクランブルエッグを、それにウインナーと残り野菜でスープを作った。食パンにトマトソースを塗ってベーコンとピーマンの輪切りを散らし、チーズをのせてピザトーストを焼く。オーブントースターがチンと軽やかに鳴り、チーズの焦げるおいしそうな匂いが辺りを満たす。

「あー、お腹空いた」と、時計を見ると、さっきから四十五分しか経っていない。寝ずにずっとついていてくれた蓮斗を、もう起こすのは気の毒な気がする。

詩穂はベッドに座って膝を抱え、ソファで眠る彼の姿を眺める。横向きでアームレストに頭を乗せ、体を丸めて寝ているのが窮屈そうだ。

「須藤くんの寝顔って……意外とかわいい」

くっきりした二重の目がキリッとした印象なのだが、こうして目を閉じていたら、あどけなく見える。イケメンで、勝ち組で……酔って吐いた詩穂を心配して、寝ずに見守っていてくれるような優しい男なのに、例のインターンは蓮斗を裏切ったのだ。どうしてそんなことができるのか、詩穂には不思議でならなかった。


結局、蓮斗が目を覚ましたのは十一時になってからだった。

「起こしてくれたらよかったのに」

蓮斗はソファに座り直し、大きく伸びをしながら言った。

「あんまり気持ちよさそうだったから、起こすのが忍びなくて」

「眠かったのは確かだから、少し楽になったよ。悪かったな」

「いいよ。謝らないで。それより、ブランチ食べる？」

「え、小牧が作ったの？」

蓮斗が目を丸くして詩穂を見た。

「そうだよ」

「それ……食えるのか？」

蓮斗に疑わしげな視線を向けられ、詩穂は枕を取って投げつけた。彼は軽々とキャッチする。

「失礼ね！　だったら、食べなくていいです～」

詩穂は頬を膨らませてベッドから降りた。

「私ひとりで食べるから。須藤くんはさっさと帰ったら」

ソファの前を素通りしようとしたとき、左手首を蓮斗に掴まれた。

「冗談だって。ごめん」

蓮斗を見ると、彼は右手を顔の前に持ち上げて、ごめんのポーズをしている。

「今さら謝ったって許してあげない」

詩穂はそっぽを向いた直後、ぐいっと手を引かれた。バランスを崩した詩穂を、蓮斗が膝の上に横向きに座らせる。

「ちょっと」

驚いて左側を見たら、目の前に蓮斗の顔があってびっくりした。

「ふざけないで」

「悪かったって言ってるだろ」

蓮斗は詩穂の手首を離し、鎖骨の辺りで詩穂の髪をすくい上げて、毛先に指先を絡めた。

「いい匂いがする」

蓮斗が髪を絡めたまま指先を口元に近づけた。上目遣いで視線を投げられ、詩穂の心臓が大きく跳ねる。

「シャ、シャワー浴びたからっ」

「俺も一緒に浴びたかったな」

拗《す》ねたような表情に、寝顔とは打って変わった色気を感じる。

「はぁ？　タチの悪い冗談はやめてよね！　シャワーを使うならひとりでどうぞ！」

立ち上がろうとした詩穂の腰に、蓮斗が両手を回した。

がっしりとした胸板が肩に触れて、落ち着かない。

「ち、近い近い！　須藤くん、近いってば！」

「なんでそんなに慌ててるの？」

「慌ててないって」

蓮斗の顔にいたずらっぽい笑みが浮かぶ。

「じゃ、動揺してる？」

「べ、別にしてませんっ」

「俺を男だって意識してるんだろ」

図星を指されてドキッとし、それを悟られまいと詩穂は蓮斗の胸を両手で押しやる。

「してないっ！　いいかげんに離れないと、本当にブランチ食べさせないからねっ」

詩穂は、顔が赤いのは蓮斗を意識しているからではなく、怒っているからなのだというように、彼を睨んだ。

「ん―、それは嫌だな」

蓮斗が手を離し、詩穂はさっと立ち上がって彼から離れた。まったく、なんて心臓に悪いことをするのだ。

「スープとピザトースト、温め直しておくから、早くシャワーを浴びてきてよね」

詩穂はローチェストを開けてフェイスタオルと予備のバスタオルを取り出し、蓮斗に放り投げた。

「了解」

蓮斗はタオルを難なく受け止め、詩穂をチラッと見てからベッドルームを出る。

「バスルームの場所わかる？」

「昨日、おまえが汚したブラウスを洗ったからな」

蓮斗が後ろ姿のまま左手を軽く振り、詩穂は自分がやらかしたことを思い出して青くなった。

ブランチを温め直して器に盛り、ローテーブルに並べていると、シャワーを浴びた蓮斗が戻ってきた。濡れた髪をタオルでくしゃくしゃと拭きながら、さっぱりした表情で言う。

「シャワー、ありがとう」

蓮斗はスーツのパンツこそ穿《は》いているが、上半身はシャツを羽織っただけで、鎖骨と逞しい胸板、それに引き締まった腹筋が目に入る。目のやり場に困って、詩穂はとげのある声を出した。

「だらしないなー。ちゃんと服を着てよ」

「小牧の部屋って不思議とすごくリラックスできるんだよな」

そう言って蓮斗はソファに深々と座った。

「リラックスしすぎ！」

詩穂はぴしゃりと言って、ローテーブルの前に座った。ティーポットで蒸らしていた紅茶を、ティーカップに注ぐ。

「小牧って紅茶派なんだな。キッチンにいろんなティーバッグや茶葉があった」

詩穂の手元を見ながら、蓮斗が言った。

「うん。最初の会社に就職したときに、紅茶に詳しい先輩がいて。いろいろ教えてもらったら、はまっちゃったんだ」

「そうなのか。俺が朝、勝手に飲んだのとはまた違う香りだよな。これはなんて茶葉？」

「イングリッシュ・ブレックファスト・ティー。いろんなティーブランドが独自のブレンドで出してるんだけど、目覚めの一杯としては私はここのブランドのが一番好き」

詩穂はシックなグリーンの缶を手に取った。わざわざ神戸《こうべ》に行って紅茶専門店で買ったものだ。

「同じネーミングなのに違いがあるんだな」

蓮斗が感心したように言った。

「さ、ブランチというより、もうランチの時間だけど、食べよ」

「ああ、ありがとう」

ふたりで「いただきます」と声を合わせ、詩穂はティーカップを取り上げた。セイロンとアッサムを中心にしたブレンドは、深めのしっかりした味わいで、気持ちが引き締まる。

蓮斗が紅茶をひと口飲んで言う。

「なるほど、寝起きに飲むのにぴったりだな」

「でしょ」

蓮斗の言葉が嬉しくて詩穂は思わず胸を張った。弘哉はコーヒー派で『紅茶では目が覚めない』と言うので、彼のためにドリップコーヒーを買ったものだった。

弘哉のことを思い出したのが嫌で、詩穂は顔をしかめた。

「どうした?」

「ううん、たいしたことじゃない」

「本当に?」

蓮斗に顔を覗き込まれ、詩穂はフォークでグサグサとスクランブルエッグを刺しながら答える。

「んー……元カレはコーヒー派だったなぁって思い出してただけ」

「昨日は過去の思い出にするって言ってたのに。まだ……吹っ切れそうにないのか？」

蓮斗に心配そうに問われて、詩穂は首を左右に振った。

「正直、今、彼に再会して気持ちがぐらつかないかって訊かれたら、自信はない。でも、須藤くんに聞いてもらって、気持ちの整理はついたんだ。がんばってできるものかはわからないけど、もう二ヵ月も経ったんだから、絶対に彼のことは忘れる。彼のことを思い出すのはやめる」

「約束だぞ」

蓮斗が右手の小指を立てて詩穂に向けた。

「うん、約束」

彼の小指に詩穂は自分の小指を絡めた。子どものように指切りげんまんをして小指を離す。

「改めていただきます」

蓮斗はスプーンを取り上げて、具だくさんのスープを口に運んだ。

「うまい」

瞬時に顔をほころばせるので、つられて詩穂も微笑む。

「よかった」

「野菜とベーコンのうま味がじんわり染みて、ホッとする味だな。休日にこうやってゆっくり朝食を食べられるって、いいもんなんだなぁ」

蓮斗がしみじみと言った。

「ランチに近い時間だけどね。須藤くんは仕事忙しいの？」

「そうだな。買収をしかけられたり、例のインターンの後始末もあったりで」

「やっぱり……社長って大変なんだね」

（私の起業がもし成功して、同じような目に遭ったとしても、私だったら対処できていなかったかもしれない……）

弘哉も本当に大変そうだった、と思い出しかけて、慌てて現実に戻る。

「まあね。でも、支えてくれる人たちがいるからな」

「須藤くんも友達と一緒に起業したんだもんね」

彼を支えているのはそうした友達や仲間、家族なのだろう。そして、そういう存在はほかにもいるはず……。

そこまで考えて、詩穂は大変なことに気づいた。

「須藤くんって彼女いるよね？　こんなふうに私の部屋に泊まって、誤解されたら大変じゃない！　私たちはただの友達で、私たちの間にはなにもなかったって、私、彼女にちゃんと説明するよ！　あ、それとも黙っておく方がいい？」

蓮斗は親切でしてくれたことなのに、彼が疑われたらどうしよう。青ざめる詩穂を見て、蓮斗が苦笑する。

「そんな心配はいらない」

「あ、すごく理解のある人なんだ」

「違うよ、今は彼女いないんだ」

「え……あ、そうなんだ。よかった〜」

いらぬ誤解をされなくて済むのだと詩穂はホッとした。一方の蓮斗は顔にいたずらっぽい笑みを浮かべる。

「俺に彼女がいなくて安心した？」

「まぁね。ややこしいことにならなくてよかったって意味で」

「なんだ」

蓮斗が少し肩を落とした。

「それにしても須藤くんに彼女がいないなんて意外だな。大学時代はすごくモテてたのに」

「そうでもないよ」

「またまたぁ。いったい何人の女の子を泣かせたことやら」

詩穂は大げさに両手を広げ、肩をすくめてみせた。

「おまえ、絶対に俺のことを誤解してる。俺はそんなプレイボーイじゃないぞ」

「そう？　私の友達が須藤くんに告白して振られたって泣いてたけど」

蓮斗は右手で額を押さえながら顔をしかめた。

「悪いけど……覚えてない」

「覚えてないくらい振ったんだ」

蓮斗は大きなため息をついた。

「あの頃……ずっと気になってた子がいたんだ。まったく好意を持ってもらえなかったんだけど」

「えぇーっ、嘘、そんな珍しい女の子がいたんだ！」

目をぱちくりさせる詩穂を見て、蓮斗は苦い笑みを浮かべる。

「ああ、本当に珍しい女の子だった。俺を男として意識してくれなかったんだ。何度か一緒に飯食ったりしたけど、ただの友達って感覚で、結局友達以上の関係にはなれなかった」

「へーっ、須藤くんなら、その気になればどんな女の子でも、すぐに落とせそうなのにね」

「そんなわけないだろ」

蓮斗は顔を背けた。モテる男にもそれなりに悩みがあるようだ。

「恋って難しいよね〜。好きでも気持ちが届かなかったり、両想いでも幸せになれなかったり……」

また弘哉の顔が脳裏に蘇《よみがえ》りそうになり、詩穂は慌てて首を左右に振った。

「つらい失恋を乗り切るには新しい恋をするといいって聞くけどな」

蓮斗がボソッと言った。

「ダメダメ、私は恋よりも先に仕事を見つけなくちゃ」

詩穂は気持ちを切り替えるように言いながら、ピザトーストにかじりついた。

「職種の希望とかあるのか？」

蓮斗に訊かれて、詩穂は考えながら答える。

「んー、前は総務部だったし、その前は営業事務だったんだよね。たいした資格もないし、あんまり贅沢なことは考えてない。でも、人のためになにかしてるって感じられる仕事だったらいいな、とは思う。お客さまのためであれ、社員のためであれね」

「あの手工芸品を売るインターネットサイトも、子育て中で外で働けない女性や高齢者のために、と考えて立ち上げたんだったな」

「そうなの。理念には自信を持ってたんだけど」

詩穂は苦笑いをして紅茶を飲んだ。すっきりした香りを思いっきり吸い込んで、ほうっと息を吐く。

「後発の類似企業との競争に負けちゃった」

「……残念だったな」

蓮斗が低い声で言った。詩穂は軽く肩をすくめる。

「もう過去のことだから」

蓮斗が黙ったまま紅茶を飲み、ふたりの間に沈黙が落ちた。詩穂はスクランブルエッグをつつきながら、二重の目を伏せてなにか考えるような表情でピザトーストを食べる蓮斗をじっと見る。

なにか会話を、と思ったとき、彼が顔を上げた。

「あのさ、実は昨日の夜から考えていたんだけど」

「なに？」

「小牧、俺の会社で働かないか？」

「はい？」

詩穂は驚いて目をぱちくりさせたが、蓮斗はいたって真面目な表情だ。

「事務アシスタントの仕事に空きがあるんだ。俺やほかの社員のサポートをしてもらう仕事なんだが、備品の買い出しからリサーチまで、仕事内容は幅広い。文字通りアシスタントって感じで、いろいろお願いすることになると思う」

突然の申し出に驚きながらも、詩穂は蓮斗の言葉を頭の中で繰り返した。アシスタントということは経営に直接関わったりはしないだろうが、蓮斗の口ぶりからすると、社員を助ける必要な仕事らしい。

「正直、柔軟に対応できる事務アシスタントがいないと仕事が回らない。小牧が俺の……俺たちの仕事を手伝ってくれたら、すごくありがたいし心強い」

両親や弟妹に仕事を辞めたことを伝えていない今、できるだけ早く再就職先を見つけたい。けれど、その焦りよりも、蓮斗のそばで彼の役に立ちたい、という気持ちが湧き上がってきた。彼は酔っ払って吐いた詩穂を見捨てなかった。送り狼《おおかみ》にならずに、朝まで寝ずに見守ってくれた。そんな彼が興した会社に自分の居場所ができたら……。そう思うと、胸が高鳴る。

「ちゃんと求人案内も出してるんだ」

蓮斗がジャケットのポケットからスマホを出して操作し、詩穂に画面を向けた。蓮斗の会社〝株式会社ソムニウム〟のウェブサイトが表示されている。求人募集のところを見ると、彼の言葉通り事務アシスタントが募集されていて、月給や休日などの条件が記載されていた。さすがに好調な企業だけあって、願ってもない好条件だ。

詩穂はフローリングの上でピシッと正座をした。

「ぜひ採用試験を受けさせてくださいっ」

そうして勢いよく頭を下げた瞬間、ローテーブルの角にガツンと頭をぶつけた。

「いーっ」

思わず額を押さえて背中を丸める。額はズキズキ痛むが、なにより恥ずかしくてたまらない。痛さと恥ずかしさで涙がにじんできて、詩穂はギュッと目をつぶった。

「冷やした方がいいだろうな」

蓮斗が立ち上がり、廊下を遠ざかる足音がした。洗面所の方でなにやら物音をたてていたが、しばらくして戻ってきてそっと詩穂の右手を掴む。

「見せてみろ」

片膝をついた蓮斗が、詩穂の顎に手を添え、すくい上げるようにして上を向かせた。

「あーあ、少し赤くなってるな」

「痕が残ったらどうしよう」

詩穂は涙目のまま蓮斗を見た。彼は手にしていた濡れタオルを詩穂の額に当てた。冷たくて気持ちがいい。

「そんなにひどくはない。痕は残らないだろ」

蓮斗が言いながらローテーブルの向かい側に戻って座った。

「ああ、もう最悪」

詩穂は深いため息をついた。左手でタオルを押さえながら、右手でピザトーストをかじる。黙々と食べているうちに痛みが薄れたように感じて、タオルを外した。

「どう？　まだ赤い？」

詩穂は情けない気持ちで蓮斗を見た。蓮斗は小さく微笑み、詩穂の隣に移動する。

「少し赤いな。早く治るおまじないしてやろうか？」

「痛いの痛いの飛んでいけーってやつ？」

子どもじゃあるまいし、と言いかけたとき、蓮斗が両手を伸ばして詩穂の頬を包み込んだ。そうして顔を近づけたかと思うと、そっと額に唇を触れさせた。

「す、須藤くんっ⁉」

詩穂の顔にカーッと血が上った。蓮斗は詩穂の頬から手を離したものの、頬骨の辺りが朱を帯びている。

「いや、姉貴が子どもにしてるのを見て……効くのかなって思って」

「そ、そういうのは愛情がある者同士じゃないと効かないと思う……」

詩穂は視線をテーブルに落としながら、口の中でもごもご言った。

「悪かったな。あんまり頼りなげな表情をしてたから、つい……」

蓮斗を見ると、彼は右肘をついて顎を支えながら、あらぬ方向を見ている。頬がさっきよりも赤くなっていて、彼自身、失敗したと思っているのが伝わってきた。

「だ、大丈夫！　びっくりさせられたおかげで、痛みは和らいだから。っていうか、もうぜんぜん痛くない。うん、平気、ありがとう」

詩穂がとりなすように言い、蓮斗は赤い顔で横を向いたままチラッと視線を投げた。照れたような困ったような、複雑な表情だ。彼はお姉さんが子どもにしているのをマネしたと言っていた。つまり、親が子どもに対してしたようなものなのだ。それを自分が変に意識したから、蓮斗も困ってしまったのかもしれない。

そう考えて、詩穂は努めて明るい声を出す。

「あー、もう、ホント子ども扱いはやめてよね～。ところで、須藤くんってお姉さんがいたんだね。知らなかったな。お子さん、男の子？　女の子？　今おいくつなの？」

蓮斗は小さく咳払いをして答える。

「男の子。二歳だ」

「へー。じゃあ、かわいい盛りだよね？」

何気ない会話が続き、蓮斗がホッとしたように表情を緩める。

「いや、今は小憎たらしいって感じかな」

「小憎たらしい？」

「ああ。〝魔のイヤイヤ期〟ってやつらしい。なんでもかんでも『イヤ！』って言うし、理由もわからずすぐだだこねるし。この前、実家に戻ったときに会ったけど、笑えるくらいすべてに『イヤ！』って言うんだ。姉貴の方は『笑いごとじゃないよ！本当に大変なんだから』ってこぼしてた」

ようやくふたりの間の妙な空気が落ち着き、蓮斗が改まった様子で口を開く。

「それより、さっきの話だけど」

「あ、うん」

詩穂はきちんと座り直した。

「人事担当者に話を通しておくよ。念のため履歴書をもらえるとありがたい」

「採用試験はいつ？」

詩穂の問いかけに、蓮斗がニッと笑う。

「今」

「えっ⁉」

「面接をして採用を決定するのは俺の仕事なんだ。で、今、小牧の採用を決定した」

「そ、そんなんでいいの⁉」

詩穂は目を丸くしたが、蓮斗の方は涼しい表情だ。

「小牧のことは大学時代によく見てた。昨日今日と一緒に過ごして、あの頃と変わってないって思ったんだ。小牧なら信用できる。安心して仕事を頼める」

その言葉が本心であるのを示すように、蓮斗は一度しっかりと頷いた。かつてライバルだと思っていた男性が、自分のことを認めてくれている。そのことが嬉しくて、勝手に頬が緩んでいく。

詩穂は口元を引き締め、神妙な顔を作った。ライバルだった相手だからこそ、失望されたくない。絶対に彼の信頼に応えたい。

「ありがとう。よろしくお願いします」

今度は額をぶつけないよう、慎重に頭を下げた。

居心地のいい関係は困りもの

　蓮斗が帰ってから、詩穂は洗濯と部屋の掃除をした。それからローテーブルの前に座って、会社を辞めてから趣味になっている羊毛フェルトで、動物のマスコット作りを始めた。以前、テレビの番組で見て知ったのだが、綿のようにふわふわした羊毛フェルトを、専用のニードルでひたすらチクチク刺して固めながら、形を作っていくというものだ。根気のいる作業だが、できあがった動物は独特の丸みと温かさがあって、リアルながらもかわいらしい。

　それに、作業に集中していたら、嫌なことを思い出さずに済む。それがこれを始めた一番の理由だったが、今では純粋に楽しんでいる。

　午後の間中、茶色の羊毛フェルトをニードルで刺して、クマのパーツを四つ——頭、胴体、両手を——作り終えたとき、玄関のインターホンが鳴った。新聞の集金かな、と思いながら、詩穂は立ち上がって受話器を耳に当てる。

「はい」

「須藤だ」

受話器から、ほんの数時間前までこの部屋にいた男性の声が聞こえてきて、詩穂は目を丸くした。

「どうしたの？　忘れ物？」

「ブランチをごちそうになったから、お礼に夕食を作ろうと思って」

「えっ？」

「とにかく開けてくれ。荷物が重たいんだ」

「あ、うん、わかった」

詩穂は玄関に急いだ。チェーンを外してロックを解除し、ドアを開ける。外には、白のVネックシャツにチノパン、黒のライダースデザインのジャケットを着た蓮斗が立っていた。

「これ、ビールとカクテルな。冷やしておいてくれ」

蓮斗はアルコールの缶が数本入ったビニール袋を、押しつけるように差し出した。

「いったいどういう風の吹き回し？」

詩穂は戸惑いながらもビニール袋を受け取った。

「さっき言ったろ。ブランチをごちそうになった礼をしに来たって」

「そんなの、気にしないでいいのに」

「気にしたのはそのことというより……」

蓮斗は詩穂の目を覗き込んだ。距離を詰められ、詩穂は顎を引きながら尋ねる。

「なにを気にしてたの?」

「小牧が元気かどうか」

蓮斗はそう言って、ふいっと顔を背けた。そっけない口調なのに優しさがにじんでいて、詩穂の口元が緩む。

「げ、元気だよ」

「だったら、いっぱい食えるよな」

「それはどうかな」

詩穂は蓮斗が提げているエコバッグを見て言った。たくさん食材が入っているらしく、大きく膨らんでいる。

「ま、とにかくブランチの礼だと思って、おとなしく俺に料理をさせろ」

「ありがとう……。っていうか、須藤くん、料理するんだ」

蓮斗は斜め上から詩穂を見下ろす。

「俺だって伊達に九年もひとり暮らしをしてない。キッチン借りるぞ」

蓮斗が言いながら、靴を脱いだ。

「あ、うん」

詩穂は一歩下がって彼を中に通した。

「小牧はゆっくりしてろ」

「じゃあ……お言葉に甘えて」

詩穂はビールとカクテルを冷蔵庫に入れて、ローテーブルの前に戻った。クマの足を作る作業を始めたが、やっぱり気になって、キッチンを覗く。

「調味料の場所とかわかる？」

ガスコンロの前にいた蓮斗が振り返った。

「大丈夫だ」

詩穂がガスコンロに近づいたら、蓮斗はフライパンで鶏もも肉を一枚焼いていた。

「チキンソテー？」

「それが違うんだな」

蓮斗は思わせぶりに微笑んだ。

「じゃあ、なに？」

詩穂が、蓮斗が鶏もも肉をひっくり返すのを見ていると、彼は小さく咳払いをした。

「できあがりはお楽しみだ」

蓮斗はなにを作るのか秘密にしたいらしい。

「わかった」

詩穂はキッチンを出て、クマのマスコット作りに戻った。キッチンの方から料理をする音が聞こえてくるのが、不思議な感じだ。弘哉は料理をしない人で、キッチンに立つのはいつも詩穂だったから。

今、キッチンに蓮斗がいるのだと思うと、自然と頬が緩む。

羊毛フェルトをチクチク刺し固めて両足ができあがり、今度は胴体に足をつける作業に入る。接続する部分を胴体に押し当てながら、ニードルで刺していくのだ。両足をつけ終え、手をつける工程に入ったとき、蓮斗がキッチンから出てきた。ローテーブルの向かい側で、あぐらを搔いて座る。

「あと少しでご飯が炊ける」

「そうなんだ。ちょっと楽しみ」

「ちょっとかよ」

蓮斗が不満そうな声を出した。詩穂はクスッと笑って、上目で彼を見た。蓮斗は右手で頬杖をついて、詩穂が手を動かすのを見ている。

「なあ」

「なに？」

「それって呪いのわら人形？」

詩穂はニードルを羊毛フェルトに刺したまま顔を上げた。

「はぁっ⁉　どうしてこれがそう見えるのよっ」

蓮斗の目の前に細長いクマの体を突きつけた。蓮斗は小さく噴き出す。

「どう見てもわら人形だろうが」

言われて詩穂は自分の方に羊毛フェルトを向けた。両手両足がついた楕円形の胴体にぐさりと針が刺さっていて、茶色という色からもそう見えなくもない。

詩穂は頬を膨らませて、横に置いていたクマの頭を取り上げた。

「これをこうやったらクマっぽく見えるでしょ」

クマの頭の首に当たる部分を胴体に押し当てながら、ニードルで何回も刺す。羊毛フェルトが固まるにつれて、首と体がしっかりとくっつくようになるのだ。

「ほら、見てて」

言いながら首のつけ根をチクチクしたら、ニードルを左手の親指に刺してしまった。

「痛っ」

とっさに引っ込めようとした左手を蓮斗が右手で掴む。

「消毒薬は？」

「そんなのないよ。このくらい、なめたら治るって」

「だったら俺が治してやろうか」

蓮斗がいたずらっぽく笑った。彼が詩穂の左手を持ち上げて口元に近づけるので、詩穂は慌てる。

「じょ、冗談に決まってるじゃない！」

「わかってるって」

蓮斗は詩穂の手を掴んで彼女を立たせると、洗面所に向かった。蛇口から水を出し、掴んだままの詩穂の手に流水を浴びせる。

「お、大げさじゃない？」

「念のためだ」

蓮斗は詩穂の手を左手に持ち替えて、詩穂を背後から抱くようにしながら右手で水を止めた。詩穂は背中に蓮斗の広い胸が触れて、落ち着かない気持ちになる。

「呪いたい相手がいるにしても、呪うのはほどほどにしておけよ」

蓮斗の口調はからかうようなものだったが、詩穂はキッと斜め後ろを見た。

「だから違うってば」

けれど、すぐそばに彼の顔があって、詩穂はパッと前を向く。

「ニ、ニードルを扱ってると、こういうのはしょっちゅうなんだから」

棚の上から新しいタオルを取って左手を拭いたが、蓮斗が離れる気配はない。詩穂は右手で彼の胸を軽く押す。

「ありがとう。もう大丈夫」

だが、蓮斗は詩穂の左手を離さない。詩穂がチラッと鏡を見たら、真剣な表情をした蓮斗と視線が絡まった。

（須藤くんのこんな顔って……）

起業コンペのプレゼンテーションのときに見た記憶がある。

そんなことをふと思ったとき、ピーピーピーと電子音が鳴って、炊飯ジャーがご飯の炊きあがりを知らせた。

「あっ、炊けたみたいだよ！」

詩穂は蓮斗に掴まれたままの左手をさっと引き抜き、右手で蓮斗の胸を押しやった。

「……そうだな」

蓮斗は小さくため息をついて、キッチンに向かった。その背中を見ながら、詩穂はふうっと大きく息を吐き出した。気づけば少し鼓動が速くなっている。

（これはニードルを手に刺しちゃったからだよ。だから、びっくりしてドキドキしてるの。うん、絶対にそう）

詩穂はひとりで頷き、タオルを洗濯機に入れた。キッチンに入って、蓮斗に声をかける。

「手伝えることある？」

「大丈夫だ。それより、うまそうにできただろ？」

蓮斗が炊飯ジャーの蓋を開けるので、詩穂はキッチンカウンターに近づいた。炊飯ジャーの中では、炊きあがったご飯と、柔らかそうに蒸された一枚の鶏もも肉、その上に丸ごと一個のトマトが、火が通って崩れかけた状態でど～んとのっている。

「豪快だねぇ」

「丸ごとトマトのチキンピラフだ。男の料理って感じだろ？」

蓮斗は得意げに言った。彼がバターを入れて、しゃもじでざっくりかき混ぜるにつれて、鶏肉がほろほろとほぐれ、鶏の肉汁に香辛料などの匂いが交じった、えも言われぬ香りが広がった。詩穂は思わずゴクンと喉を鳴らす。

「すごくおいしそう」

蓮斗が白い丸皿に形よく盛りつけている間に、詩穂はビールとカクテルの缶を冷蔵庫から出した。それに続いてチキンピラフをローテーブルに運ぶ。彼はほかにほうれん草とベーコンのソテー、オニオングラタンスープも作ってくれていた。

詩穂がブランチを作ったとき、『それ……食えるのか？』と疑わしげに言われたので、からかいの言葉をなにか言ってやろうと思ったのに、なにひとつ出てこない。

「すごいなぁ……」

ローテーブルに並んだ料理を見て、素直に感動した。蓮斗は照れたように頬を緩めたが、すぐに顔をしかめる。

「ま、オニオングラタンスープは市販の缶詰だけどな」

「なぁんだ」

詩穂がわざとがっかりした声を出すと、蓮斗が目を見張った。

「おいおい、たった一品手を抜いただけで、俺の評価を下げるなよ」

「下げてないって。素直に感謝してる。これでおいしかったら、ありがとうって言ってあげる」

「おまえな～」

蓮斗は詩穂を軽く睨んだが、詩穂が「嘘だよ」と小さく舌を出したのを見て、しょうがないなと言いたげな笑みをこぼした。

「さあ、熱いうちに食べよう」

「うん。ありがとう」

詩穂は心を込めてお礼を言い、「いただきます」と手を合わせた。スプーンを取ってピラフを口に運ぶ。チキンは柔らかく、嚙むと豊かな肉汁が口中に広がった。トマトとバターのまろやかさの中に、生姜と黒こしょうのぴりっとした味がアクセントになっている。

「おいし〜！」

詩穂は左手を頰に当てた。自分では作ったことのない味だ。

蓮斗は照れたように人差し指で左頰を搔いた。

「本当は九年しっかり自炊をしてきたわけじゃない」

「そうなの？　とてもそうは思えないけど」

詩穂はほうれん草とベーコンのソテーをひと口食べた。オリーブオイルを使ったらしく、特有の風味とベーコンの塩味が生きていて、パクパク食べたくなる。

「二年ほど前、仕事で料理関係のアプリを作ったことがあるんだ。それからかな、料理をすることに興味が湧いたのは。一から作るっていう点では、料理もアプリのプログラミングも似ていると思う」

そう語る蓮斗の瞳が輝き、彼が本当に仕事が好きなのだとわかる。

「作ったアプリを定期的にチェックするんだけど、その料理アプリは、仕事以外でも毎回違う発見がある。アイスクリームの天ぷらの作り方が掲載されていて驚いたし、この前なんか、食べられる花を使ったピザのレシピが紹介されていた」

「あ、エディブルフラワーだね。前の会社で先輩の結婚式に出たとき、エディブルフラワーが入ったゼリーをもらったよ。でも、あれをピザにのせるなんて……。発想がおもしろいね。そのアプリ、興味あるな～」

「食べ終わったら教えてやるよ」

蓮斗の話に興味を引かれ、詩穂は自然と聞き入った。かつて彼の成功を嫉妬していたことが嘘みたいに、聞いていて楽しい。

蓮斗の手料理をおいしく平らげ、詩穂は食後に紅茶を淹れた。清涼感のある香りと爽やかな口当たりが特徴のウバだ。

「どうぞ」

詩穂がティーカップを蓮斗の前に置いたとき、彼は壁際に置いていたエコバッグから、長方形の箱を取り出した。

「デザートもあるんだ」

箱を包んでいる高級感のある青い包装紙は、イタリアの有名なチョコレートブランドのものだ。

「あ！　ここのチョコレート、大好きなんだ！」

詩穂は嬉々として蓮斗の手元を覗き込んだ。

「覚えてるか？　大学時代、小牧がバレンタインデーにこのブランドのチョコレートを俺にくれたんだ。『義理チョコだよ』って念を押しながら」

蓮斗に言われて、詩穂は懐かしい思いで目を細めた。

「あー、そういえばそんなことがあったね。須藤くんは女の子からたくさんチョコをもらってたし、わざわざ私があげなくてもいいかなって思ってたんだよ。それなのに、須藤くんが『小牧はくれないのか？』って催促するから～。本当は自分へのご褒美として買ってたチョコレートだったんだからね！」

詩穂は頬を膨らませた。

「その代わり、ちゃんとホワイトデーにお返しをしただろ。俺がなにをあげたか忘れてはいないよな？」

蓮斗に訊かれて、詩穂は「う～ん」と言いながら、わざと首を捻る。

「まじかよ……」

蓮斗はため息をついて、前髪をくしゃくしゃと掻き乱した。詩穂はクスッと笑って言う。

「うそうそ、覚えてるってば。すっごくかわいい入浴剤をくれたんだよね。マカロンみたいで本当においしそうだった。それで須藤くんってば……」

「『食い意地張ってるからって食うなよ』って言ったんだ」

詩穂と蓮斗が同時に言った。ふたりで目を見合わせ、小さく笑みをこぼす。

「ホント、失礼しちゃう！」

「食い意地張ってんのは本当のことだろ」

「ちょっと、須藤くん～！」

詩穂が蓮斗を睨み、蓮斗は声をあげて笑った。つられて詩穂も笑う。

ひとしきり笑ってから、詩穂は笑いすぎて目尻にたまった涙を人差し指で拭った。

「あー、楽しい。なんか久しぶりに大笑いしたかも」

「よかった。昨日は思い詰めたような顔をして、川を見つめてたから……」

蓮斗は包装紙を剥がすと箱の蓋を開けて、ローテーブルに置いた。

「もしかして……心配して来てくれたの？」

「当たり前だろ」

蓮斗はぶっきらぼうに言いながら、チョコレートをポイッと口に入れた。詩穂も「いただきます」と言ってチョコレートに手を伸ばす。口に入れると、コーティングされたダークチョコレートが溶けて、ヘーゼルナッツやアーモンドを使ったジャンドゥーヤが舌の上でとろりと溶けた。

「んー、おいしい！」

詩穂は両手を頬に当てた。味わって食べてから、紅茶をひと口飲んでほうっと息を吐き出す。

「今日はわざわざ来てくれてありがとうね。すごく感謝してる。ひとりだったら、クマのマスコット作りに熱中して、ちゃんとした食事をとらなかったかもしれないし」

「う～、小牧が素直だと気持ち悪い」

蓮斗がわざと身震いしてみせた。

「も～！」

詩穂は唇を尖らせながらも、大学時代のときのようなやりとりが懐かしくて、胸が温かくなるのを感じた。蓮斗と再会したことが、今では前に進むための必然だったようにさえ思えてくる。

やがてチョコレートを食べ終え、蓮斗は「そろそろ帰るよ」と立ち上がった。

「あ、うん」

詩穂は彼を見送ろうと立ち上がった。楽しい時間がもう終わりなのだと思うと、少し名残惜しい気持ちになる。

蓮斗が振り返って詩穂を見た。

「寂しいなら今日も泊まってやってもいいぞ？」

ニヤリとされて、詩穂はドキッとしつつも急いで口を動かす。

「や、やめてよ！　やっと静かになってせいせいするって思ってたのに！」

「ははは、俺の知ってる小牧にすっかり戻ったな」

蓮斗は笑って玄関に向かった。詩穂は彼に続いて歩きながら、その広い背中に声をかける。

「あの、気をつけて帰ってね」

「ああ」

蓮斗は靴を履いて、詩穂に向き直った。

「月曜日、会社の人事担当者に小牧のことを伝えておく。初出社は水曜日くらいでどうかな？」

「うん、大丈夫」

「小牧と一緒に働けるのを楽しみにしてるよ」

「こちらこそ、よろしくお願いします」

詩穂はペコリとお辞儀をした。蓮斗はドアノブに手をかけてから、振り返って詩穂を見る。

「俺が出たら、ちゃんと鍵をかけろよ」

「言われなくてもそうするってば」

「そうだよな」

蓮斗はつぶやき、「おやすみ」と言ってドアを開けた。

「おやすみなさい」

詩穂の言葉に、蓮斗は後ろ姿で左手を軽く挙げて応えた。直後、パタンとドアが閉まる。去っていく彼の靴音が小さくなり、やがて消えて、部屋の中がやけに静かになったように感じた。

近くて遠い、社長と部下の距離

翌週の水曜日、詩穂は大阪市きってのビジネス街・北浜《きたはま》にある高層オフィスビルへと足を踏み入れた。入口はガラス張りで、一階のフロアは天井が高く、白い壁がまぶしい。高級ビジネスホテルのような雰囲気で、詩穂を追い抜いていく人たちも、みんなスーツやオフィスファッションをおしゃれに着こなし、颯爽《さっそう》と歩いていく。

そんなところに地味なチャコールグレーのスーツで来てしまい、詩穂は居心地悪く感じながら、エレベーターに乗った。

蓮斗が大学時代に起業した会社は今、このビルの三十五階に移転している。本当に好調なようだ。

純粋に感心しながら三十五階で降りた。内廊下もホテルのようで、ライトブラウンのカーペットが敷かれ、統一感のある柱のブラウンが優しい印象を与えている。すぐ前のガラス張りの自動ドアには、整った白い文字で〝株式会社ソムニウム〟とあった。

ドキドキしながらタッチスイッチに手を伸ばしたとき、右側からやたらとテンションの高い女性の声が飛んできた。

「わーい、女の子だ〜、若い女の子だ〜！」

見ると、マスタードイエローのブラウスにオフホワイトのパンツを着た小柄な女性が駆け寄ってきた。トイレから出たところなのか、手に持っていたミニタオルをバッグに入れて、詩穂の前で足を止める。ファッションこそキリッとしたパンツスタイルだが、肩まである明るい茶髪とくりっとした大きな目が、かわいらしい印象だ。

「ええと、あの」

彼女はソムニウムの社員なのだろうか、それともお客さまなのだろうか。詩穂が困惑していると、女性が笑顔で口を開く。

「私、総務担当の石垣真梨子《いしがきまりこ》です。今日から来てくれる小牧詩穂さんだよね？　ソムニウムへようこそ！　どうぞよろしくねっ！」

「よ、よろしくお願いします」

真梨子と名乗った女性の勢いに半ば気圧されながら、詩穂はお辞儀をした。

真梨子は両手で詩穂の右手を握って、ぶんぶんと上下に振った。そのとき彼女の左手の薬指に、シンプルなプラチナのリングがはめられているのが目に入る。

「あ、これね」

詩穂の視線に気づき「うふふ」と笑いながら、真梨子は右手で指輪をそっと撫でた。

「半年前に結婚して、そのときにソムニウムに転職したの。前の会社、残業がすごく多かったから。ソムニウムだとほとんど残業しなくていいし、妊活中で早く子どもが欲しいから助かってる」

ずいぶん若く見えるのに、もう妊娠を考えているらしい。その内心の驚きが顔に出てしまい、そんな詩穂の顔を見て真梨子が苦笑した。

「あー、私、背が低いし童顔でしょ？　だから子どもっぽく見られることが多いんだけど……こう見えて実は三十三歳なの」

「ええっ、同い年くらいかと思ってました！」

詩穂はまじまじと真梨子を見た。どう見てもまだ二十代にしか見えない。それどころか年下かもと思ったくらいだ。

真梨子は詩穂の背中をバシッと叩く。

「やーん、嬉しいこと言ってくれちゃう！　小牧さん、これからよろしくね！　あ、詩穂ちゃんって呼んでいいかな？　いいよね！　私のことは真梨子って呼んでね！じゃ、席に案内するね～」

思いもよらずハイテンションな女性に迎えられたが、オフィスの高級そうな雰囲気に気後れしていたので、ホッとした。

真梨子が先に自動ドアから中に入り、詩穂も続いた。真梨子は無人の受付デスクの前を抜けて、廊下をすたすたと歩いていく。〝応接室〟〝会議室〟などのプレートが貼られたドアの前を通り過ぎ、真梨子はひとつの部屋の半透明のガラス扉を開けた。

「どうぞ」

促されて一歩足を踏み入れたそこは、驚くほど広いオフィスだった。入ってすぐのところに、大きな丸いローテーブルがふたつと、リラックスできそうなひとり掛けのソファがいくつも並んでいる。

「ここは何人かでアイデアを練り上げたり、ちょっと休憩したりするためのスペースね。気分転換にここで仕事をしても大丈夫！」

真梨子が説明し、続いて正面を向いた。一面大きなガラス窓になっていて、二メートルくらいの幅で天井まであるパーティションに仕切られ、個室のようなブースが十ほど並んでいた。中にはデスクとチェア、本棚がひとつずつ配置されている。デスクはパソコンが複数台載ったものもあれば、書類が山積みになったものや、きちんと整理整頓されたものもある。

「あそこがアプリ開発に携わる社員のデスクね。開発者は社長を含めて九人。それから、こっちにはキッチンスペースがあって、コーヒーが飲み放題、おやつも食べ放題」

真梨子が笑いながら案内してくれたのは、左手のパーティションの奥だった。シンク、ふたつ口のガスコンロ、さらには冷蔵庫が置かれていて、こじゃれたマンションのキッチンのようだ。ガラス戸棚にはクッキーの缶やマカロンの箱、ナッツの瓶やカップラーメンなどが入っていて、カウンターの上にはコーヒーサーバーとたくさんのマグカップ、電気ケトルが置かれている。

「社長から、詩穂ちゃんは紅茶派だから紅茶をいくつか買っておいてって頼まれてね、そのときに自分用にタンポポコーヒーも買っちゃったんだ」

真梨子は嬉しそうに〝ノンカフェイン〟と書かれたアルミパックを取り上げた。

わざわざ私のために紅茶を揃《そろ》えてくれたのかと思うと、なんだか胸がくすぐったい。それとともに、そこまでしてくれたのだから、がんばってみんなの役に立たなければ、と気を引き締めた。

「会社に来てる女性社員は私だけだから、詩穂ちゃんが入社してくれてすごく嬉しい。社長の大学の同級生なんだよね？」

真梨子が電気ケトルに水を入れながら訊いた。詩穂はコネ入社だと思われるだろうかと不安になりつつ、「はい」と答えた。

「ね、詩穂ちゃんってもしかして社長の彼女さん？」

　興味津々といった視線を向けられ、詩穂は目を剥《む》いた。

「まさか！　違いますよ、先週の金曜日に偶然再会したんです。約一年ぶりに」

「なぁんだ、そうだったんだ……。詩穂ちゃんが社長の彼女だったらよかったのに〜。社長、インターンの事件があってから、しばらく無理して仕事に打ち込んでる感じがあったから……」

　そこまで言って、真梨子はハッとしたように右手を口に当てた。

「今の話……聞かなかったことにして！　彼女の……インターンのことはみんな社長に気を遣って黙ってるから！」

　インターンは女性だったのか、と思いながら詩穂は答える。

「ええと……その話なら金曜日に須藤くん……須藤社長から聞きました」

『須藤社長』だなんて変な感じだが、詩穂は彼に雇われた身だ。

　詩穂の言葉を聞いて、真梨子はホッとしたように息を吐いた。

「そうだったんだ〜。でも、わざわざその話をするってことは、社長、詩穂ちゃんのことをすごく信頼してるんだね。社長に信頼できる女性がいてよかった！」

　そう言ってから、真梨子は詩穂にすり寄った。

「ね、ね、大学生の頃の社長ってどんなだった？　今でこそあんなにおしゃれだけど、実はいかにもコンピューターオタクって感じの、瓶底眼鏡をかけた野暮ったい学生だったりして⁉」

「いえ、スーツこそ着てませんでしたが、今とほとんど同じでしたよ。それに、態度も大きくて自信家なのも変わってないです。まあ、努力しなくても結果がついてくるんだから、そうなるのも仕方ないかもしれませんが」

詩穂が言うと、真梨子は「それは違うと思うな」と首を傾げた。

「私、ソムニウムに勤めてまだ半年だけど、社長って案外努力家だと思うよ。オフィスの奥に仮眠室があるんだけど、社長、ときどき泊まってたりするもん。『いつアイデアが思い浮かんでも、すぐに仕事に活かせるようにするためだ』なんて言って。さすがに見つけたら、健康によくないから家に帰るように言って聞かせてるんだけど……私の方が帰る時間が早いから、あまり聞き入れてもらえないんだよね～」

蓮斗が努力家だというのはいまいち納得できないが、真梨子の話を聞く限り、大学時代と同じように夢を追いかけてがんばっているようだ。

電気ケトルがピーッと鳴って、お湯が沸いたことを知らせた。

「詩穂ちゃん、どの紅茶がいい？」

真梨子が棚に並んだティーバッグの箱を示した。女性の真梨子が選んでくれただけあって、アッサム、アールグレイ、ダージリンなどのオーソドックスな茶葉から、ハーブティー、オレンジやピーチなどのフレーバーティーも用意されている。

「あー、じゃあ、アールグレイにします」

真梨子がアールグレイの箱を取ったとき、パーティションを軽く叩く音が聞こえた。振り返ると、細身の黒いスーツを着た蓮斗の姿がある。

「おはよう」

「あ、おはようございます。社長はコーヒーですか？　淹れますよ？」

真梨子に訊かれて、蓮斗がにっこり微笑んだ。意外なほど紳士的な笑みだ。

「ありがとうございます。でも、自分で淹れるから気にしないでください」

「おはよう。ございます、しゃ、社長」

あやうく『おはよう』だけで済ませそうになり、慌てて付け足したせいかぎこちない挨拶になった。蓮斗がふっと笑みを浮かべる。

「石垣さんに席を教えてもらったら、俺の席においで。みんなに紹介する」

「わかりました」

詩穂の返事を聞いて、蓮斗は一度頷き、コーヒーサーバーでエスプレッソを淹れてパーティションを出ていった。フロアを歩いていく彼に、出社してきた男性社員が声をかけた。仕事の話でもしているのか、話に応じる彼の横顔は真剣だ。その様子は大学時代の彼とも、金曜や土曜の彼とも違って見えて、なんだか遠い存在に感じる。ライバルから友達になって、距離が縮まったはずなのに。

会社では当然〝社長〟と呼ばなければいけないし、彼が雇い主である以上、タメ口を利いていいはずがない。

そう思うと、彼との間に距離を感じて少し寂しさを覚えた。

真梨子が案内してくれた詩穂のデスクは、フロアの右側のシマにあった。八つのデスクがふたつずつ向き合うように置かれていて、詩穂の向かい側は真梨子の席だ。

「三人が総務担当で、分担して経理や人事の仕事をしているの。残りの四人は営業さん。詩穂ちゃんは事務アシスタントだから、基本的には開発担当さんたちのサポートが仕事ね。それじゃ、社長のところに行こう」

真梨子に促されて、詩穂はバッグを自分のチェアに置いた。

「社長は一番奥のブース」

真梨子に連れられて、詩穂は並んでいるブースの一番奥に向かった。蓮斗のいるブースは四畳半くらいのスペースがあり、壁際の棚には経営学や人事術に関する書籍のほかに、なにやら難しそうなソフトウェアやハードウェア、プログラミングなどの本がぎっしりと詰まっていた。デスクの上には、パソコンのほかにタブレットや、なにかのパンフレットが並んでいる。比較的片づいている方だろう。

「じゃあ、みんなに紹介しよう」

蓮斗がチェアから立ち上がり、詩穂は彼に促されてフロアの真ん中に進んだ。

「みなさん、おはようございます。今日から事務アシスタントとして働いてくれる小牧詩穂さんをご紹介します」

蓮斗の声を聞いて、すでに出社していた全員が集まってきた。数えてみると、詩穂と蓮斗、真梨子を除いて合計十四人。全員男性で、年齢層は二十代前半から三十代後半くらいまでと若い。カチッとしたスーツ姿の人もいれば、シャツにカーディガン、パンツというややカジュアルな格好の人もいる。

「小牧詩穂です。みなさんのお役に立てるよう一生懸命がんばります。どうぞよろしくお願いします」

詩穂はぺこりとお辞儀をした。

「小牧さんは俺と同じ大学の出身で、信頼できる女性です」

蓮斗は詩穂のことを紹介したあと、社員をひとりずつ順に紹介してくれた。続いて、今この場に出社している社員以外にも、ソムニウムの社員がいるのだと教えられた。

　子育てとの両立のために在宅勤務をしている女性社員がふたり、男性社員がひとりいて、ゲームのプログラミング、ソーシャルメディアでの情報発信、アプリや説明書の翻訳などを担当しているのだそうだ。ほかに、育児休暇中の男性社員がひとりいるという。オフィスの明るい雰囲気や充実した福利厚生などからも、ソムニウムが時代を先取りしているのだとわかる。そんなソムニウムで働けることが誇らしい。

「それじゃ、今日からよろしく。みんな、ありがとう。仕事に戻ってください」

　蓮斗が声をかけて、社員がそれぞれのブースやデスクに戻り始めた。けれど、ひとりだけ戻らずに詩穂に近づいてくる。

「小牧さん、俺のこと覚えてる？」

　グレーのパンツにワイシャツを着たその男性は、にこにこしながら自分の顔に人差し指を向けた。蓮斗からは副社長の佐藤《さとう》啓一《けいいち》だと紹介されている。同い年くらいで、髪は短めにカットされていて、縁なし眼鏡をかけた清潔そうな印象だ。

「ええと……」

　一生懸命記憶をたどったが、どこで会ったのか思い出せない。

「お会いしたのは初めてではない……んですよね？」

詩穂の言葉を聞いて、男性はがっかりした顔になる。

「なんだぁ、覚えてないのかぁ。ほら、蓮斗と一緒に起業コンペに参加していた佐藤だよ。まあ、俺だけ学部が違ったから、仕方ないかな」

「……あ！」

言われて思い出した。起業コンペのプレゼンテーションと授賞式のときに、蓮斗と一緒にいた男性だ。あのときはもっと髪が長く、黒縁眼鏡をかけていたはずだ。

「印象がずいぶん違ったからわからなかった！　須藤くんが言ってた一緒に起業した仲間って、佐藤くんのことだったんだね！」

「ああ。それにもうひとり。今育休中の菅野《かんの》も大学時代からの仲間だ。小牧さんが仕事を手伝ってくれるなんて心強いな。これからよろしくね！」

「こちらこそよろしくお願いします」

啓一がブースに戻り、蓮斗が詩穂に話しかける。

「うまくやれそう？」

「もちろん！　雰囲気もよくて働きやすそう。あの起業コンペで設立された企業がこんなに大きくなっているなんて……」

「やりたいことをやりながら、みんなが楽しく働ける。そんな会社を創ることが夢だったんだ。だから、社名もソムニウムにした。ラテン語で〝夢〟って意味だ」

「じゃ、夢を叶えたってことだね」

「いや、まだまだだ。やりたいことはいっぱいある。夢に終わりはないよ。終わらせるつもりもないしね。ラテン語がヨーロッパのいろんな言語を生んだように、ソムニウムが中心となって、アプリ業界にもっともっと新しいものを生み出したい」

そう語る蓮斗の目は生き生きと輝いていた。

「小牧もぜひ力を貸してくれ」

思わず「うん！」と返事をしてしまい、さっきタメ口はいけないと思ったはずなのに、と反省する。

「はい。こんなステキな職場で働けることを光栄に思っています。全力でがんばりますっ」

詩穂に丁寧な口調で話しかけられ、蓮斗は戸惑ったように瞬きをしたが、すぐに笑顔を作った。

「期待してる」

「それじゃ、失礼します」

詩穂は会釈をして、見つけたばかりの自分の居場所――自分のデスク――に戻った。

涙を止めるおまじない？


それから二日経った金曜日。まだまだ要領が悪かったり慌てたりするときもあるけれど、だいたいの仕事には慣れてきた。

仕事内容は蓮斗に聞かされていた通り多彩だ。社内メールで、開発担当者から「類似のアプリがないかウェブストアで検索してほしい」とか、「特許庁のウェブサイトで特許公報を調べてみて」とか頼まれることもあれば、電化製品専門店街にデバイスの部品を買いに行くよう頼まれることもある。また、「このアプリで遊んで感想を聞かせて」といった半ば遊びのような仕事もあって、なんでも屋のアシスタントという感じだ。

仕事も楽しくなってきたが、今日は詩穂のために歓迎会をしてくれるのだ。同じビルの五十階にあるイタリアンレストランの大部屋を貸し切っているという。

「詩穂ちゃん、仕事終わった？」

前のデスクから真梨子に話しかけられ、詩穂は作成していた文書を保存して顔を上げた。

「はい、終わりました！」

「みんなはどうかな～、終わったかな～」

真梨子は入口に置かれたソファの方を見た。一部の開発担当者が、ゲームアプリを盛り上げるための演出アニメーションの企画を話し合っているところだ。

詩穂がデスクを片づけているうちに、会議室から蓮斗たちが戻ってきた。

「今日の主役の仕事が終わったみたいだし、そろそろ行きますか」

蓮斗が言いながら左手の腕時計を見た。

「予約は六時半ですよ～。あと十分しかないです。私、先に行ってますね」

真梨子がバッグを持ってさっと立ち上がった。「詩穂ちゃんも行こう」と誘われ、詩穂は真梨子と先に行くことにした。

ふたりで並んでオフィスを出て、エレベーターに乗る。三十五階より上に行くのは初めてで、詩穂はドキドキしてきた。隣では真梨子もワクワクした表情で、階数表示を眺めている。

「私がソムニウムで働くことにしたのはね、若くて活力のある会社で、福利厚生が充実してるっていうのもあったんだけど……このビルにあるっていう理由も大きかったんだ」

真梨子に言われて、詩穂は首を傾げた。

「このビルってなにか特別なんですか？」

「私にとって、ってことなんだけど。実は五十階にあるバーで主人にプロポーズされたの！」

語尾にハートマークでもつきそうな調子で、真梨子が言った。

「それなら特別ですね」

「えへへ～」

真梨子は本当に嬉しそうである。

「確か、真梨子さんは結婚して半年って言ってましたよね。ご主人とは付き合ってどのくらいで結婚したんですか？」

「半年だよ」

「ええっ、半年で結婚を決めたんですか？」

もっと長く付き合ってから結婚するものだと思っていたから驚いた。

「あはは、詩穂ちゃん、正直な反応～」

真梨子は笑って話を続ける。

「実はね、主人とはマッチングアプリで知り合ったの」

「マッチングアプリ？」

「いわゆる婚活アプリかな。いくつかアプリを使ってたんだけど、うまくいかなくて。で、真剣に結婚を考えている人が多いって評判のアプリに変えたのね。そして、写真とプロフィールを見て、あ、この人いいかもって思った相手が、今の主人なの。主人も同じように思ってくれてたらしくて、実際に会ったら意気投合したんだ」

「そういう出会いもあるんですねー」

婚活アプリで結婚詐欺師に騙されたというニュースが最近あったばかりだったが、真梨子は本当に婚活アプリで運命の相手と出会ったようだ。

「最初にプロフィールで趣味とか知れたのがよかったかな。一緒にいるのがすごく楽しくて、きっとこの人と結婚するんだろうなって思ったら、彼もそう思ってくれて、出会って半年というスピード結婚になりました」

五十階に到着して、真梨子に案内されながら、詩穂は左手にあるイタリアンレストランに向かった。

白い壁にダークブラウンの柱というシックな雰囲気の店で、真梨子が社名を伝えると、すぐに大部屋に案内された。すずらん型のライトに照らされた落ち着いた部屋で、壁の一面が窓になっていて、都会のきらびやかな夜景が望める。十月下旬というのもあって、遠くに見えるデパートでは、壁にハロウィンのイルミネーションが施されていた。

ほどなくしてほかの社員も到着し、スパークリングワインと前菜が運ばれてきた。さすがこんな高層ビルの上階に入っているレストランだけあって、ワインも料理も上品なおいしさだ。

「サンマのカルパッチョって初めて食べた。サンマってオリーブオイルと合うんだ」

隣の席で真梨子がカルパッチョを口に入れて、「おいしい〜」と言いながら両手で頬を押さえている。年下の詩穂から見てもとてもかわいらしい。

そんな真梨子は夫と付き合って半年で結婚したのだという。詩穂は三年も付き合ったのに、弘哉とは結婚に至らなかった。そんなことを考えて、苦い思いが湧き上がってくる。

(ダメダメ、今日はみんなが私のために開いてくれた歓迎会なんだから!)

詩穂は気持ちを切り替えようと、スパークリングワインをぐいっと飲んだ。

詩穂の前の席から、啓一が笑いながら話しかける。

「小牧さんってお酒強そうに見えるよね」

大学の同級生に話しかけられ、詩穂は肩の力を抜いて答える。

「よく言われます～。でも、須藤社長には負けますけど」

「ああ、先週、偶然再会して一緒に飲みに行ったたって蓮斗が言ってたな」

啓一がエビとブロッコリーのサラダをフォークにのせながら言った。

「そうなんです。私よりたくさん飲んでたはずなのに、ほろ酔いって感じでした」

「あいつは付き合いで飲むようになってから、強くなったんだ」

「付き合いで？」

「ああ。会社を設立してすぐとか、世話になった教授に誘われたり、人脈作りでいろんなパーティーに出席したりして」

「そうなんですね」

詩穂がチラッと見ると、蓮斗は三十代後半くらいの男性社員と楽しげに話しながら、グラスを傾けている。彼のグラスに入っているのは赤ワインだ。

「詩穂ちゃんもワイン飲む？」

真梨子に勧められて、詩穂は「お願いします」と答えた。だが、真梨子ではなく啓一が、詩穂と真梨子のグラスにワインを注いでくれる。

「小牧、飲み過ぎるなよ」

蓮斗の声が飛んできて、詩穂は彼の方を見た。目が合った蓮斗がニヤッと笑う。彼の前でやらかしたことを思い出して、詩穂の頬が赤くなった。

「社長とふたりで飲みに行ったんだよね～。そのとき、なにかあったのぉ？」

真梨子が笑いながら詩穂に体をすり寄せ、詩穂は慌てて左手を振った。

「な、なんにもなかったですっ」

「ホントに～？」

真梨子のニヤニヤ笑いが大きくなる。

「ホントですって！」

ひと晩一緒に過ごしたのに、本当になにもなかったのだ。むしろ、なにかしたとすれば詩穂の方だ。気分が悪くなって家まで送り届けさせたあげく、彼の前で吐いて介抱までさせたのだから。

そのとき、ちょうど次の料理が運ばれてきて、真梨子が「きゃー、おいしそう！」と声をあげた。彼女の注意が大皿のパスタに向いて、詩穂はホッとした。

それからメインにキノコソースのかかった牛肉のソテーを、デザートに上品な甘さのパンナコッタを食べてお開きとなった。おいしい料理を堪能してスパークリングワインと赤ワインを飲んで、詩穂はふわふわした幸せな気分だった。

「これからもう一軒どう？」

レストランを出たところで啓一が数人の社員に声をかけて、バーに飲みに行く算段がまとまった。

「小牧はどうする？」

蓮斗に声をかけられ、詩穂は真梨子が行くなら行こうかと思ったが、当の真梨子は首を横に振った。

「私はダーリンがお迎えに来てくれてるから帰るね」

「え、いいなぁ、ラブラブですね」

「うふふ～、いいでしょ～」

真梨子が赤い顔で嬉しそうに笑った。幸せオーラがにじみ出ていてうらやましい。

「それじゃ、私も帰ります」

「それがいいかもな。この前みたいなことになったら大変だ」

蓮斗にニヤッとされて、詩穂は頬を膨らませた。今日は〝この前〟ほど酔った気はしないのに。

男性社員たちが蓮斗に「社長、先に行ってますよ」と声をかけて、バーの方に向かい始めた。

「お疲れさまです。来週からまたよろしくお願いします」

詩穂はぺこりとお辞儀をした。そうして真梨子に声をかける。

「私、トイレに寄ってから帰りますね」

「じゃあ、私は先に帰るね。詩穂ちゃん、お疲れさま」

真梨子がエレベーターに乗り込むのを見送ってから、詩穂はトイレに向かった。トイレの鏡に顔を映すと、頬が赤くなっている。楽しくてふわふわしていたから気づかなかったが、思ったよりも酔っているのかもしれない。なにしろスパークリングワインと赤ワインは、サワーよりもアルコール度数が高いのだ。

大きく息を吐いてバッグからポーチを取り出したとき、女性がひとり入ってきた。四十代前半くらいの大人っぽい美人で、緩やかにカールさせたロングヘアとネイビーのシックなワンピースが似合っている。女性は隣の鏡の前で同じようにポーチを取り出した。

詩穂がメイク直しを終えてトイレから出たとき、窓辺で夜景を眺めていたスーツの男性が振り返った。

「じゃあ、帰りましょう――」

か、と言いかけた口のまま、男性が固まった。その驚いた顔を見て、詩穂は信じられない思いで目を見開く。

「弘哉さん……」

詩穂の口からかすれた声が漏れた。

まさかこんなところで会うなんて。

「詩穂」

弘哉の顔が今にも泣き出しそうに歪む。

「詩穂！」

弘哉はいきなり詩穂の右手首を握ったかと思うと、エレベーターとは逆の方向へと歩き出した。

「えっ、なんですか、離してください！」

詩穂は足を突っ張らせて動くまいとしたが、必死の表情の弘哉にずるずると引っ張られていく。

バーの前を通り過ぎ、非常扉の前のひとけのない場所で弘哉が足を止めた。

「いったい、なんなんですかっ」

詩穂は弘哉の手を振り払おうとしたが、彼は詩穂の右手首を強く握ったまま、感極まった表情で言う。

「詩穂、会いたかった」

「は？　なに言ってるんですか」

「詩穂が会社を辞めたのは、美月《みつき》さんと婚約した俺を見たくなかったからなんだろう？　そこまで俺のことを想ってくれていたなんて……。もう少ししたら美月さんと結婚式を挙げるから、それまで待っててくれ」

「だから、私とあなたはもう終わったんです！　私が会社を辞めたのは、そうやってあなたがいつまでも私に執着するからなんですっ」

「そんなこと言わないでくれ。俺は詩穂じゃなきゃダメなんだ。美月さんは……俺より十歳も年上で……。美人なんだが、気位は高いし性格はきついし……。会社のためとはいえ、一緒にいると本当に息が詰まる。しんどいんだ。詩穂みたいに控えめでしとやかで、俺を立てて尽くしてくれる女性の方がいい」

最後の言葉に、詩穂はハッとした。なにをやってもうまくいかなかった自分に居場所をくれたことが嬉しくて、弘哉と付き合っていた頃、彼好みの女性になろうと一生懸命努力していた。自分を偽り続けた結果、こんな事態を招いたのだ。

本当の詩穂は控えめでもなければ、男性に尽くすタイプでもない。

「私はそんな女性じゃ――」

詩穂が言いかけたとき、ハイヒールの高い音を響かせて、ひとりの女性が近づいてきた。

「弘哉くん？」

さっきトイレで一緒になった、ネイビーのワンピースを着たロングヘアの女性だ。

「あ、み、美月さん」

弘哉がうろたえた声を出した。動揺しすぎたのか、詩穂の手首を離すどころか、手首を握る手にますます力が入る。

こんなところを見られたらまずいに決まってる！

詩穂は懸命に弘哉の手を振りほどこうとするが、彼の手は硬直したように動かない。

「この人は誰？」

美月は弘哉の隣で足を止め、鋭い目で詩穂を見た。

「あの、私、以前、ＣＢエージェンシーで働いていた――」

名乗りかけたとき、バーの方から男性の明るい声が聞こえてきた。

「詩穂、そんなところにいたのか」

驚いてそっちを見ると、蓮斗が歩いてくる。にこにこ笑いながら詩穂に近づき、詩穂の手首を握ったままの弘哉の手首を掴んだ。そうして笑顔のまま、ギリッと力を込める。

「……っ」

弘哉が目を見開き、それと同時に詩穂の手を握る彼の力が緩んで、詩穂は手をさっと引き抜いた。

しかし、弘哉の手から逃れたとはいえ、目の前の美月は怒りの形相をしている。婚約者がほかの女性の手を握っていたら、そうなるのも無理はないだろう。

なんとか場を取り繕うような言葉を探していると、蓮斗が詩穂の肩に左手を回した。

「待たせてごめん。怒ってない？」

そう言って詩穂の耳に唇を寄せて、「大丈夫。俺に任せろ」とささやいた。詩穂が蓮斗を見ると、彼は小さく頷き、おもむろに弘哉と美月を見る。

「で、詩穂、こちらは詩穂のお友達かな？」

「う、ううん……。前の会社の社長と……その婚約者さん」

詩穂の答えを聞いて、蓮斗は詩穂から腕を解いて弘哉に向き直った。

「それはそれは。大変失礼いたしました。彼女が突然退職してお怒りになるのもわかります。社長にはご迷惑をおかけしたかもしれませんね」

蓮斗が過剰なほど丁寧にお辞儀をした。いったいなにを言うつもりなのかと詩穂は蓮斗を見た。

「彼女とは同じ大学だったんです。俺は大学時代、彼女のことが好きでした。でも、彼女にとって俺はただの友達で、当時は彼女と付き合えなかったんですが――」

そう言いながら、蓮斗は詩穂の肩に腕を回して引き寄せる。

「二ヵ月前に再会し、今度こそ絶対に逃がさないと思って、彼女にプロポーズしました。幸い彼女もOKしてくれて、スピード婚約となりまして。おかげで御社を急に退職することになってしまったんです」

話を聞いているうちに弘哉の目が見開かれ、彼は驚いたようにつぶやいた。

「詩穂が……婚約？」

「やっぱり彼女はお話ししていなかったようですね。でも、どうか彼女を責めないでやってください。悪いのは彼女をいっときたりとも離したくないと、わがままを言った俺の方なので」

蓮斗はきっぱりと言った。美月が呆《あき》れたような声を出す。

「情けないわね。社員のひとりやふたりくらい辞めたって、どうってことないじゃない。それなのに、こんなところで会ったからって急な退職を責めてたわけ？　あなたの会社の状況を考えたら、むしろリストラの手間が省けてよかったってものでしょ。

もっと長い目で物事を見なさいよ」

「美月さん」

おろおろと美月を見る弘哉を見て、詩穂の心の中で凝り固まっていたなにかが緩んでいくのを感じた。

弘哉の前で詩穂が自分を取り繕っていたように、彼も詩穂の前では優しい大人の男性を装っていたようだ。お互い本当の姿を見ていなかったし、見せていなかった。

「浅谷社長、ご迷惑をおかけして申し訳ありませんでした」

詩穂は深々とお辞儀をした。弘哉はどうにか体勢を立て直し、詩穂に向き直った。

「いや、そんなことは。急な退職に驚いていたものだから、動揺して責めるようなマネをしてしまった。申し訳ない。それより、婚約おめでとう」

「ありがとうございます」

「よかった。もう大丈夫ですね。それでは、失礼します」

蓮斗は言って、詩穂の肩を抱いたまま歩き出した。促されて歩を進めながら、詩穂は全身から力が抜けるのを感じた。

蓮斗が機転を利かせてかばってくれなければ、どんな修羅場になっていたことか。

「ありがとうございます……」

心を縛りつけていた長い呪縛から解放されたようで、目から安堵の涙がこぼれた。

「泣くのは……もう少し我慢できるか」

耳元で蓮斗の低い声がした。詩穂は小さく頷く。エレベーターホールに到着し、蓮斗が下ボタンを押した。詩穂はそれ以上涙がこぼれないようにギュッと目を閉じた。

エレベーターの扉が開く音がして、蓮斗に促されるまま中に乗った。チラッと目を開けるとカップルが乗っていて、詩穂は泣き顔を見られないようにうつむく。

「悪いが、少し会社に寄るぞ」

蓮斗が言って三十五階のボタンを押した。ほどなくしてエレベーターが止まり、詩穂は蓮斗に軽く背中を押されて、無人のフロアで降りた。蓮斗がソムニウムの自動ドア横にあるロックをカードキーで解除し、自動ドアが開く。

「落ち着いてから帰った方がいいだろう」

「本当にごめんなさい」

蓮斗が中に入るよう詩穂を促した。

「謝るなって。助けに入るのが遅かったかなって後悔してるくらいなんだから」

「いいえ、絶好のタイミングでした」

「あんなやつのために泣くなよ。あんな男、小牧には似合わない」

蓮斗が怒った声で言い、詩穂は淡く微笑んだ。

ふたりで廊下を歩き、蓮斗が半透明のガラス扉を開ける。

「温かい紅茶でも飲む？」

蓮斗が扉を押さえて詩穂に入るよう手で示した。

「ありがとうございます。でも、もう大丈夫です」

「大丈夫には見えないんだよ」

「ホントに大丈夫……」

です、と言おうとして笑顔を作った拍子に涙が頬を伝い、蓮斗がそっと詩穂を抱き寄せた。背中に彼の両手が回され、詩穂の頬が彼のスーツの胸に触れる。

「社長？」

「社長って呼ぶな」

耳元で蓮斗の不機嫌な声がした。

「だ……って、須藤くんは社長だし」

「今は違う。今は……おまえの友達だ。友達なら弱ってるとき、頼ってもいいだろ？俺がそばにいるんだから、俺を頼れ。変な遠慮はするな」

「……ありがとう」

詩穂は素直に蓮斗の胸に頭を預けた。

心の中に残っていた弘哉への想いが解けて流れていくように、涙がこぼれる。けれど、それは彼の隣が詩穂の居場所ではなくなったことを実感した悲しみの涙ではなく、もう自分を偽らなくていいのだとわかった安堵の涙だった。

(あったかい……)

そろそろ泣き止まなければと思うのだが、蓮斗の胸に包まれていると、なぜだか涙腺が緩みっぱなしになる。

「あれぇ、ごめんね、涙が止まらない……」

手の甲で涙を拭ったとき、蓮斗の手に顎をすくい上げられた。

「俺のことは気にするな。だけど、おまえの泣き顔を見ているのはつらい」

そう言ったかと思うと、彼は顔を傾け、詩穂の目尻にそっとキスを落とした。

「すど……」

詩穂はびっくりして目を見開いた。涙をチュッと吸い取られ、驚いたせいで止まったのか、瞬きをしてももう涙はこぼれなかった。

「止まったようだな」

蓮斗が照れたように微笑み、詩穂も同じように頬を赤くして頷く。

「じゃあ、紅茶を淹れてくるから、ソファに座って待ってろ」

蓮斗がぶっきらぼうに言って、詩穂から離れた。目の端に、蓮斗がパーティション の向こうに消えるのが映る。詩穂はそっと目尻に手をやった。蓮斗の唇の感触がまだ残っているようで、それを意識したとたん、胸がドキンと鳴った。

(私があんまり泣くから、かな……)

土曜日のおでこへのキスといい、今さっきの目尻へのキスといい……彼はスキンシップが過剰な気がする。きっと彼の姉の影響に違いない。彼女も幼い息子に同じようなことをしているのだろう。

詩穂はゆっくりとソファに腰を下ろし、膝に肘をついて両手で顔を覆った。

蓮斗の前で弱みを見せるなど、大学時代には考えられなかった。彼は張り合うべきライバルだったから。だけど、こうして彼の近くにいて、彼がみんなに慕われるに値する男なのだと認めてしまうと、不思議と肩から力が抜ける。彼と張り合っても仕方がないという諦めではなく、彼を彼として認めると、自分も自分でいられるというような安心感だ。

かすかにお湯が沸く音が聞こえて、電気ケトルの電子音が小さく鳴った。ほどなくしてマグカップを持った蓮斗がパーティションを回ってくる。

「ほら」

蓮斗が湯気の立ち上るカップを差し出した。

「ありがとう」

受け取ると、ほんのりと甘い香りが立ち上った。ピーチティーだ。

蓮斗がソファのアームレストに腰を下ろした。詩穂はマグカップに口をつける。優しい香りとともに熱い紅茶を喉に流し込むうちに、自然と深いため息が漏れた。

詩穂は大きく息を吸い込んで笑顔を作り、蓮斗を見上げる。

「迷惑かけてごめんね」

「少しは落ち着いた?」

「もうすっかり落ち着いた」

「よかった」

蓮斗は膝の上で両手を軽く握り、天井を見上げた。そうして、ふうっと息を吐いてから詩穂を見る。

「あのさ……さっきのことだけど」

その気まずそうな表情を見て、詩穂はさっきの目尻へのキスのことなのだろうと想像した。

「ああ、あれね！　気にしてない！　どうせ息子さんが泣いたときにお姉さんがしてるのを見て、効果があるとか思ってやったことなんでしょ？　うん、おかげで本当に涙が止まった！　おまじないとしては効果抜群！」

「あ、そっちのことか」

「そっちって？　ほかになにかあった？」

蓮斗は数回瞬きをしてから、小さく微笑んだ。

「いや、なんでもない」

そうして詩穂の頭に手を乗せて、髪をくしゃくしゃと掻き回す。

「ちょっと、なにするのよ！」

「ただの腹いせだ」

「はぁ？　なんの腹いせ？」

蓮斗があまりに髪を掻き乱すので、詩穂は背を仰け反らせて彼の手から逃れた。

「なんでもない」

蓮斗はさっと立ち上がって、詩穂の手から空になったマグカップを抜き取った。

「カップを片づけたら送っていく。片づけている間に、その顔、なんとかしとけよ」

蓮斗に言われて、詩穂は目を見開いた。きっとマスカラもアイライナーも落ちて大変なことになっているだろう。慌ててバッグのポーチからハンドミラーを出して覗き込んだ。そこには真っ赤な目をした自分の顔が映っていた。目の下も黒くなっていて、想像していたよりもひどい顔になっている。

「い〜や〜っ!」

詩穂の声を聞いて、パーティションの向こうから蓮斗の笑い声がした。

(最悪!　須藤くんの前でこんな顔をさらしてたなんて!)

詩穂はソムニウムのオフィスを出てトイレに駆け込んだ。メイクを直してどうにか見られる顔にする。トイレから出たら、蓮斗はカードキーを使って自動ドアをロックしているところだった。

「それじゃ、行くか」

「ねえ、須藤くんは二次会に戻らなくていいの?」

「ああ。先に帰るって言ってある」

蓮斗はカードキーをビジネスバッグに入れて、左手で詩穂の右手を掴んだ。

「えっ、なに」

詩穂は驚いて手を引っ込めようとしたが、蓮斗はギュッと詩穂の手を握る。

「念のためだ」

「念のためって……」

「まだあのふたりが近くにいるかもしれないだろ」

そう言われて、蓮斗の意図がわかった。弘哉や美月に万が一、どこかで見られるかもしれない。『スピード婚約』するくらいのカップルなら、そのときに手をつないでいないとおかしいと思われるはずだ。

本当になんて気が回る男なのだろう。彼の大きな手に包まれていると、なんだかすべてがいい方向に進むような安心感を覚える。だけど、同時にほんのちょっぴり落ち着かない気分にもなる。

かつてのライバルに抱くにしては、不思議な気持ちだった。

一線は越えられない

土曜日の朝、詩穂はベッドの中でまどろんでいた。カーテンの向こうは明るく、ローチェストの上の時計は十時半を指している。

昨日はふたりだけのオフィスで紅茶を飲んでから、蓮斗がタクシーで家まで送ってくれた。そして部屋の前まできちんと送り届けてから、帰っていったのだ。蓮斗が助けてくれたこと、気遣ってくれたことが嬉しくて、今思い出しても頬が緩んでしまう。

「さーて、そろそろ起きようかな」

ひとりでつぶやき、ベッドから降りた。昨日泣いたからか、目が腫れて顔も少しむくんでいる。

外出する予定はないので、まあいいだろう。

ソファにだらしなく座って、牛乳を注いだシリアルを食べていると、スマホが軽快な電子音を鳴らしてメッセージの受信を知らせた。

（誰だろ）

手を伸ばして、ローチェストの上で充電していたスマホを取った。メッセージの送信者は〝須藤蓮斗〟と表示されている。
【おはよう。まだ寝てる?】
普通はもう起きているか訊くものだろう。詩穂は苦笑して、文字を打ち込む。
【おはよう。とっくの昔に起きてる】
スマホを置いてスプーンを手に取ったとき、今度は電話が鳴った。蓮斗からだ。
『まだ寝てるかと思ってた』
開口一番失礼なセリフだ。こちらも軽口で応酬する。
「そっちこそ、本当はさっき起きたばかりじゃないの?」
『そんなわけないだろ。ところで、今日、なにか予定ある?』
「んー、特にはないけど」
『だったら、一緒に映画でも観に行かないか?』
映画など、久しく観に行っていない。行きたい気もするけど目が腫れているしな〜、
などと思っていたら、蓮斗の声が聞こえてくる。
『大学時代、おまえが好きだって言ってたハリウッド俳優の新作映画が公開中だぞ』
蓮斗が挙げた俳優の名前を聞いて、詩穂は「ホントっ⁉」と明るい声をあげた。
『おいおい……えらい変わりようだな……』

蓮斗の呆れた声が返ってきた。

「だって、ここしばらく映画を観る余裕なんてなかったんだもん」

金銭的に、というより精神的にという意味でだが。

『だったら、なおのこといい気分転換になるんじゃないか？　まだそんなに寒くないし、家にこもっているよりずっといい』

その言葉を聞いて、笑みが込み上げてきた。もしかして彼は私のことを気遣ってくれたのだろうか。

「じゃ、行こうかな。何時に待ち合わせる？」

『今すぐはどうだ？』

「えぇぇぇぇぇっ！」

詩穂は慌てて自分の体を見下ろした。今すぐなんてとんでもない。まだパジャマ姿なのだ。

『〝とっくの昔に〟起きてたんだろ』

電話の向こうで笑い声がした。からかわれたのだとわかって、詩穂は頬が熱くなるのを感じた。

『小牧がまだまだ出かけられそうにないから、映画は昼からのにしよう。映画のあと一緒に晩飯を食おうか』

前半にはカチンと来たが、事実である。詩穂はため息をのみ込んだ。

「わかった。じゃあ、待ち合わせは一時ぐらいでいい？」

『そうだな。一時におまえの部屋まで迎えに行ってやるよ』

「えっ」

『それまでにちゃんと出かける準備をしておけよ』

「あ、うん」

『夜は飲みたいから電車で行くぞ。映画館は梅田《うめだ》でいいかな？』

「うん」

『座席、予約しておくよ』

「ありがとう、よろしく」

蓮斗に乗せられる形であっという間に予定が決まったが、電話を切るとワクワクしてきた。久しぶりの映画だ。

詩穂はシリアルを食べ終え、クローゼットを開けた。なにを着ようかと思案しながら、あれこれ手にとっては体に当てて鏡に映す。

「んー、これは弘哉さんと一緒に買ったスカートだから、今日は穿きたくないな……。

このブラウスはかわいいデザインだけど、色が秋っぽくないし……」

悩みながら、深みのあるパープルのプリーツスカートに、ゆったりした白のVネックニットを選んだ。大人っぽさの中にも女性らしさがあって、なかなかいいコーディネートだ。

着替えてメイクをしようとして、はたと手が止まる。

「この顔をなんとかしなければ！」

インターネットで検索して、顔のむくみを取るマッサージの仕方を紹介しているページを見つけた。それに倣って、顔に乳液をたっぷりと塗り、説明通りにマッサージを続ける。そのうちに徐々にむくみが落ち着いてきた。

「よかった。これで須藤くんにからかわれなくて済む」

安堵しながらメイクをして、時計を見た。

まだ十二時半にもなっていない。

テレビをつけたが、おもしろい番組はない。メッセージが届いてないかとスマホをいじったり、時計を見たりする。

ふと自分がそわそわしていることに気づいて、詩穂はスマホをベッドに放り出し、ごろんと横になった。

（私ってば、なにやってんの）

これじゃあ、蓮斗と会うのをものすごく楽しみにしているみたいだ。しかし、彼は詩穂が落ち込んでいないか心配して誘ってくれただけなのだ。蓮斗はときどきカチンと来ることを言うが、実際は結構優しい男なのだと最近知った。

時間つぶしにスマホでネットニュースを見ていると、やがてインターホンが鳴った。

（須藤くんだ！）

詩穂はガバッと起き上がり、インターホンの受話器を取る。

「はい」

『須藤だ』

時計を見ると一時ちょうどだ。

「すぐ出ます」

詩穂はスマホをバッグに入れてコートを羽織り、玄関に向かった。

「お待たせ」

ドアを開けた瞬間、蓮斗が目を見開く。

「どうしたの？」

「おまえ、まだ寝てたのか？」

「はぁ？　ちゃんと起きてたよ！」

蓮斗はクスッと笑って、詩穂の肩の上で踊っている毛先に指を巻きつけた。

「寝癖ついてる」

「ええっ、そんなバカな！　ちゃんと十時半には起きてたもん！」

「ふぅん。十時半が『とっくの昔』ねぇ……」

蓮斗にじとっとした目を向けられ、詩穂は慌てて部屋の中に引き返した。鏡を見ると、さっきベッドで横になっていたせいか、毛先が変な方向に跳ねている。

「わっ」

急いでブラッシングしてどうにか髪を直し、再び玄関のドアを開けた。

「……ホントにお待たせしました」

詩穂のしおらしい態度を見て、蓮斗はくっくと笑った。今日の蓮斗は、白のカジュアルシャツに細身の黒デニム、ショート丈のキャメルコートという格好で、ラフながら落ち着きのあるファッションだ。

蓮斗は詩穂の頭にポンと手を乗せた。

「おまえ、意外とおもしろいな」

「楽しんでいただけてなによりですっ」

詩穂は頬を染めながらドアに鍵をかけた。恥ずかしい気持ちから、蓮斗の方を見ずにずんずんエレベーターへと歩いていく。

「映画は三時からだから、どこかでお茶でもする？」

詩穂はエレベーターの下ボタンを押した。

「須藤くんにお任せします」

蓮斗が隣に並んで不満そうな声を出す。

「あのなぁ。俺が訊いたんだから、リクエストくらいしろよ」

そのときエレベーターの扉が開き、詩穂は乗り込みながら答える。

「んー、じゃあ、パンケーキのお店に行ってもいい？」

「パンケーキ？」

「そう。映画館の近くにあるんだ。半年くらい前にオープンしたお店なんだけど、ずっと気になってて」

本当は弘哉と一緒に行きたいと思っていたのだが、その願いが叶わないうちに別れてしまった。

詩穂の表情が曇ったのを目ざとく見つけて、蓮斗が問う。

「まさか元カレとの思い出の店だったりしないよな？」

「しないしない。一緒に行きたかったけど行けなかったの」

「なんだかムカツクな」

蓮斗を見ると、不機嫌そうな顔をしている。

「まあ、いい。俺がいい思い出として上書きしてやる」

「上書きもなにも、弘哉さんとは行ってないってば」

「行きたかったって思い出があるだろ」

「なにをムキになってるの？」

「なってない」

そう言いながらも、蓮斗はおもしろくなさそうな表情だ。

「しかし、パンケーキとはな。おまえ、昼飯食ってないのか？」

エレベーターを降りて、蓮斗が歩きながら言った。

「一応食べたよ。ブランチみたいなものだけど」

「規則正しい生活とは言いがたいが、食欲があるのならよしとするか」

蓮斗は独り言のようにつぶやいた。やがて大阪メトロの駅に到着して、やってきた地下鉄に乗った。さすがに土曜日の昼過ぎとあって、車両は満員に近い。十分ほど揺られて、大阪の中心部にある梅田駅に到着し、詩穂は蓮斗をパンケーキの店へと案内する。

目的の店はファッションビルの一階にあった。混んでいたが、幸い五分と待たずに窓際の席に通された。ライトグリーンで統一された店内は明るく、かわいいカップやエアプランツがあちこちに飾られている。

「なににする？」

蓮斗がメニューを広げて詩穂の前に置いた。それを見て詩穂は顔を輝かせる。薄いパンケーキが何枚も積まれ、たっぷりのシロップがかけられたものや、スフレのようにふわふわのパンケーキにアイスを添えたものなど、さまざまなメニューがあった。

だが、詩穂は季節限定メニューを見るなり、声をあげる。

「この〝濃厚マロンクリームのスフレパンケーキ〟、すごくおいしそう！　私、これにする！」

「即決か」

蓮斗は苦笑しながら、メニューをパラパラとめくっている。

「もしかして……甘いものは苦手だった？」

詩穂は自分のリクエストを訊いてもらったのに、蓮斗にはなにも尋ねなかったことを思い出した。

「いいや。来る前に近所の店で定食を食ってきたから」

「そっか……お腹減ってないんだ。ごめんね」

「なんで謝るんだよ。小牧は気にせず、好きなだけ食べたらいい」

「ありがとう」

素直に礼を言って、詩穂はやってきた店員に注文を伝えた。蓮斗はブレンドコーヒーを注文し、店員が去ってからつぶやく。

「カップルばっかりだな」

言われて店内を見回したら、女性グループもちらほらあったが、大半がカップルだった。

「まあ土曜日だからね」

「俺たちも恋人同士に見えるかな?」

蓮斗に問われて、詩穂は瞬きをする。

「えー……まあパッと見はそうかもしれないね。でも、会話を聞いたら恋人同士じゃないってすぐにわかるんじゃない? ぜんぜんロマンチックじゃないもん」

「こうやったらカップルに見えるんじゃないか」

蓮斗が言って右手を伸ばし、詩穂がテーブルの上に置いていた左手に重ねた。

「なっ」

驚いて引っ込めようとした詩穂の手を、蓮斗がギュッと握る。

蓮斗は詩穂の手を持ち上げて口元に引き寄せ、手の甲にそっと口づけた。手の甲に柔らかく温かな唇を感じて、詩穂はドギマギしながら言う。

「こっ、今度はなんのおまじないよ」

「おまじないじゃなくて、小牧の記憶を上書きしたんだ」

「はぁ？　だから、弘哉さんとはこの店に来てないってば！　それに、彼は人前でベタベタするのとか、好きじゃなかったから……」

人前で手をつなぐことすらなかったのだ。

「ダメだな。俺が思い出させてどうするんだ」

蓮斗はため息をついてつぶやいた。

「もう、気にしないでってば。上書きがどうとか考えないで、須藤くんは普通にしててよ。お互い楽しい方がいいでしょ？」

「俺も楽しんでいいってこと？」

「当たり前じゃない。そっちこそ変な気を遣わないでよ」

「了解」

蓮斗は言って、頬杖をついて視線を窓の外に向けた。なにか楽しいことでも考えているのか、その口元が緩んでいる。

やがて注文の品が運ばれてきた。詩穂の前にマロンクリームのスフレパンケーキとアイスティーが、蓮斗の前にブレンドコーヒーが置かれる。

「わーい、おいしそう。いただきま～す」

詩穂は嬉々としてフォークとナイフを取り上げた。見るからにふんわりした柔らかな生地は、ナイフを入れるとすっと切れた。たっぷりのマロンクリームと生クリームをつけて口に入れる。とたんに口中に濃厚な栗の香りが広がった。パンケーキなど、舌の上でとろけていくかのようだ。

「んんんん～！」

あまりのおいしさに詩穂は目を閉じてうっとりとした。

「そんなにうまいの？」

蓮斗の声がして目を開ける。

「うん、すっごくおいしい！」

「じゃあ、味見させてよ」

蓮斗に言われて、詩穂はカトラリーケースを蓮斗の方に押した。そこには使っていないナイフとフォークが入っているのだが、蓮斗は首を左右に振った。

「いらないの？」

「違う」

蓮斗は視線で隣のテーブルのカップルを示した。見ると、彼氏が彼女にパンケーキを「あーん」とやっているところだった。

（あ、あれをやれってこと⁉）

戸惑う詩穂に蓮斗が頷いてみせる。

「『俺も楽しんでいい』んだろ？　あれ、やってよ」

まさしく悪巧みをしている顔でニヤッと笑った。楽しんでもいいのか、という彼の問いに、当たり前だと答えたのは詩穂である。抵抗するのは諦めて、スフレパンケーキにフォークを刺し、クリームをのせて蓮斗の方に向けた。

「はい、どうぞ」

蓮斗が口を開けてパクリと食べる。詩穂がフォークを引き抜き、蓮斗は目を細めた。

「うん、確かにうまい」

「でしょ～。定食食べてきたのを後悔した？」

「少しだけな」

蓮斗がニッと笑い、詩穂もつられて微笑む。アイスティーを飲んで大きく息を吐き出したら、ほんわりと温かな気持ちに包まれた。

パンケーキを食べ終えると、ファッションビルをぶらぶらして時間をつぶし、映画館に向かった。蓮斗がすでにチケット代を払ってくれていたので、詩穂はポップコーンとアイスコーヒーを彼に奢《おご》った。自分用にはキャラメルポップコーンとミルクティーを買う。スクリーンは広く、蓮斗が予約してくれた席は見やすい真ん中の席だった。

「映画楽しみだな。この俳優、そういえば大学時代、大好きだった」

詩穂は席に座ってパンフレットを広げた。嬉しくなってつい買ってしまったものだ。

右側の席から蓮斗が懐かしそうに言う。

「おまえが女友達と映画に行くってはしゃいでたのを覚えてるよ」

「そうなの？　須藤くんってよく人を観察してるんだね。やっぱ上に立つ人は視点が違うのか」

妙なところに感心してしまい、蓮斗に額を軽く小突かれる。

「確かに部下のことには注意してるけど、それとこれとは話が別だ」

詩穂は気のない返事をして、パンフレットをめくった。アップになった俳優の顔は、やっぱり六年前よりも年齢を重ねているが、それでも逞しくてかっこいい。

ほどなくして明かりが消えて上映が始まった。

孤独なスパイが、殺人事件の目撃者となった女性を守るというストーリーだ。犯人は凶悪なマフィアグループ。目撃者の女性の口を封じようと、何度も襲ってくる。守り守られるうちに、目撃者とスパイの間に淡い恋心が生まれた。しかし、住む世界があまりにも違って、周囲がふたりの恋を許さなかった。

てっきりハッピーエンドになると思っていただけに、詩穂の目から涙が溢れた。去っていくスパイの背中をじっと見つめる女性の姿が、スクリーンに映し出される。彼を求める気持ちと、諦めなければいけない気持ちがない交ぜになった表情に、胸が締めつけられる。

バッグからハンドタオルを出して涙を拭っていると、蓮斗が左手を伸ばして詩穂の肩に置き、そっと彼女を引き寄せた。詩穂は彼の肩に頭を預け、静かに涙を流す。

やがてエンドロールが流れ、明かりがついて上映が終わった。前や横の席の人が帰り始めるが、詩穂は立ち上がることができず、蓮斗の肩に頭を乗せたままにしていた。

「ごめん」

蓮斗がぼそっと言った。

「どうして謝るの」

「こんな結末だって知ってたら、誘わなかった」

詩穂は瞬きを繰り返してどうにか涙を散らし、頭を起こした。そうして笑顔を作って口を開く。

「ううん、誘ってくれて嬉しかった。泣いてたのはね、ヒロインに感情移入しちゃって、あのイケメン俳優と結ばれなかったことが悲しかったからなの。あんなイケメンと結ばれるチャンスがあるなら、私ならすべてを捨ててもいい！　はー、ホント、かっこよかった。マフィアと撃ち合いになったときのあのシーン！　彼女をかばって撃たれたときのあの表情！　苦しんでるはずなのに色気があってゾクゾクしちゃった。なんであんな人を去るままにしておくかな～」

蓮斗は一度瞬きをした。

「そんな理由で泣いてたのか？」

「そうだよ。ほかになにがあるって言うの？」

詩穂は言って立ち上がった。泣いたのは弘哉とのアンハッピーエンドを思い出したせいではない。思い出す間もなくどっぷりと感情移入していたからだ。

「あー、泣いた泣いた」

歩き出そうとしたところ、右手を蓮斗に掴まれた。

「置いてくな」

「置いてってなんかないよ」

蓮斗が立ち上がり、右手にゴミを持って歩き出した。スクリーンを出てゴミを捨てるときも、詩穂の手を握ったままだ。

「えー……っと?」

詩穂はつないだままの手から蓮斗の顔へと視線を動かした。

「人が多いから、はぐれないように」

実際、人の流れに乗り切れず、蓮斗とはぐれそうになった。一瞬不安に襲われたが、彼がぐいっと手を引いて、彼の方に引き寄せてくれた。

「晩飯にはまだ少し早いし……展望台でも行くか?」

人混みの中、詩穂が顔を上げるとすぐ近くに蓮斗の顔があった。蓮斗が、空中からの絶景が有名な近未来的な高層ビルの名前を挙げる。

「まるでデートだね」

「『お互い楽しい方がいい』んだろ?」

蓮斗がニッと笑った。

混雑したエレベーターに押し込まれ、蓮斗が詩穂の手を離した。それでホッとしたのも束の間、彼は詩穂をかばうように肩を抱く。さっきよりも距離が縮まって、詩穂の鼓動が速くなった。コートを着ているから蓮斗には気づかれないと思うが、詩穂の頭の中には自分の鼓動が大きく響いている。

(須藤くんって……やっぱりスキンシップが過剰……)

一階に着いて扉が開き、詩穂はホッと息を吐いて蓮斗から離れた。外に出たときにはもう日が傾いていて、空気がひんやりしていて心地いい。

「寒くない?」

蓮斗に訊かれて、詩穂は両手をコートのポケットに突っ込んだ。

「大丈夫」

これ以上の過剰なスキンシップは心臓によくないので遠慮したい。

蓮斗は左手をポケットに入れて、横断歩道を渡り始めた。JR大阪駅前の混雑した通りを抜けて、道路沿いに進む。薄暗くなった空の下、目的のガラス張りの高層ビルはほんのりとライトアップされていた。

「今からなら夜景にちょうどいい時間だな」

案内に従って、専用の入場口から展望台へと続くエレベーターに乗った。エレベーターはシースルーで、カップルや家族連れ、観光客の姿がある。

三十五階からは空中エスカレーターに乗り換えて、四十階にある屋内展望フロアに向かった。そこでもじゅうぶん景色がキレイだったが、もう一階上がると、屋上回廊に到着した。その名前の通り、屋外にある幅二メートルほどの回廊から、三六〇度の絶景が楽しめる。

「ちょっと風が寒いけど、気持ちいいね」

詩穂は髪を手で押さえながら蓮斗を見た。彼の少し長めの前髪も風に揺れている。すっかり暗くなった空に、キラキラ輝くビルの明かりや車のライトが映えていた。

「キレイだね～。あ、ソムニウムのビル、見えるかな?」

詩穂は手すりにもたれて南東の方角を見たが、暗いうえに高層ビルやホテルに阻まれていてよくわからない。

「見えないな」

隣で目をこらしていた蓮斗がつぶやいた。

「残念～」

周囲で同じように景色を見ているカップルは、肩を寄せ合ったり、顔を近づけてないにかささやき合ったりしている。

ふと右側を見たら、蓮斗も詩穂を見ていた。目が合った彼の瞳は、夜の空を映したようにいつもより深い色で、街の明かりが神秘的に浮かんで見える。

（キレイ……）

引き込まれてしまいそうだ。

「小牧？」

蓮斗が小さく首を傾げ、詩穂は我に返った。うっかり見入ってしまったことが恥ずかしく、詩穂は手すりから体を離した。

「せっかくだし、ぐるっと回ろうか？」

「そうだな」

詩穂に続いて蓮斗が歩き出した。

夜景が楽しめる時間だけあって、家族連れよりもカップルの方が多い。前を歩く男性が女性の肩をしっかりと抱いていて、いつキスしてもおかしくないくらい甘いムードだ。

そう思っていたら、突然立ち止まって男性が女性に顔を近づけた。

（ひえー、気まずい）

ふたりから目を逸らしたとき、蓮斗の手がそっと詩穂の肩に触れた。彼に促され、カップルを迂回《うかい》して回廊を進む。彼の手はまだ詩穂の肩にかかったままだ。その手の感触に、蓮斗の存在を意識してしまう。

（こんなの……付き合ってるみたいじゃないの）

けれど、蓮斗はスキンシップが過剰なのだ。それになにより、彼は詩穂が落ち込んでないか気を遣って連れ出してくれただけ。

詩穂は大きく息を吸い込んで吐き出したが、なぜだか心が落ち着かない。

「あ、そ、そうだ、お腹空かない？」

隣で蓮斗が苦笑する。

「色気より食い気ってやつか」

「花より団子だよ！」

「同じ意味だろ」

詩穂はさりげなく体をねじって蓮斗から離れ、彼と向き合ってなんでもない会話を続ける。

「で、須藤くんはなにが食べたい？」

「しょうがないなぁ。降りながら考えるよ」

そのひと言で展望台から降りることが決まり、雰囲気が盛り上がり始めたカップルたちを尻目に、詩穂たちは一階に戻った。

駅の方に向かいながら、詩穂は蓮斗に訊く。

「パンケーキは私のリクエストを聞いてもらったから、晩ご飯は須藤くんが希望を言って」

「そうだな～。どうせなら楽しく食べられるのがいいよな」

蓮斗が前方に見えるビルに目をやった。レストランやショップの看板が見え、その中に〝自分で揚げる串揚げ〟を謳い文句にしている店を見つけた。北新地《きたしんち》にある高級串揚げ店の系列店で、質の高い素材をリーズナブルに食べられると雑誌などで話題になっている。

詩穂は蓮斗を見た。

「串揚げはどう⁉」

ふたりで同時に同じことを言い、それがおかしくて互いの顔に笑みが浮かぶ。

「楽しそうだよね？」

「だな！」

意見が一致して、たったそれだけのことなのに嬉しくなった。

遠慮しなくていい。気を遣わなくていい。これは気の合う友達以外のなにものでもないはずだ。

蓮斗と一緒に飲食店がたくさん入ったビルの三階に上がり、目当ての店に着いた。並ばずに案内された店内は広く、男性ばかりのグループ、カップル、親子連れなどで賑《にぎ》わっていた。料理はビュッフェ形式で、好きな具材とタレを自分で選ぶらしい。

串揚げにはもちろんビールというわけで、詩穂と蓮斗はそれぞれ生ビールを注文し、食べたい具材を選んできた。

「さあ、食べるぞ〜」

初めての自分で揚げる串揚げにワクワクして詩穂が言い、蓮斗が苦笑する。

「その前に〝揚げるぞ〜〟だろ」

「だよね」

詩穂は小さく舌を出した。テーブルの真ん中に、はめ込み式になった長方形の揚げ鍋があり、好みの具材を水溶き衣にくぐらせパン粉をつけて揚げるのだ。

「まずは豚肉」

時間がかかりそうな肉を先に揚げ始め、続いてレンコンやタマネギ、ベビーコーンなどに衣をつけて鍋に投入する。やがてこんがりキツネ色になって浮き上がってきたらできあがりだ。

「じゃ、いただきます！」

ふたりで冷たいビールを片手に、熱々の串揚げを頬張る。

「あ、ちょっと、そのアスパラ、私の！」

「そうだっけ？」

「そうだよ」

詩穂が主張したにもかかわらず、蓮斗は黄金色の衣に包まれたアスパラをがぶりとやる。

「あーっ。食べ物の恨みは怖いんだからね」

詩穂が見ている前で、蓮斗はアスパラガスをおいしそうに平らげた。

「うまかった」

「もーっ」

「本気で恨まれそうだから、新しいのを取ってきてやるよ」

蓮斗が席を立った隙に、詩穂は彼が揚げていたシシトウガラシを口に入れた。熱くてはふはふしている間に蓮斗が戻ってくる。

「ほらよ、アスパラ。って、俺のシシトウがっ！」

「へ、はんのほほ？」

え、なんのこと、と言ったつもりだが、口の中が熱くてうまくしゃべれない。おまけに噛んだらシシトウガラシが辛くて、目に涙が浮かぶ。

「か、辛っ」

「勝手に食べたバチだな」

蓮斗が笑い、詩穂は猛抗議する。

「そんなのおかしい！　だったら先に勝手に食べた須藤くんにバチが当たらないなんて不公平だ！」

「日頃の行いの差だ」

「ムカツク～」

そんな子どものようなやりとりが楽しくて、自然と笑みがこぼれる。同じような蓮斗の笑顔を見ているうちに、彼は気を遣って連れ出してくれたのだ、という戒めを忘れて、ただただ蓮斗と一緒にいることを楽しんでいた。

そうして、普段以上にたくさん食べて飲んで、デザートのマロンアイスクリームで締めくくった。

「はあ、おいしかった。お腹いっぱい」

店を出て、詩穂は満足して言った。隣を歩く蓮斗も同じような表情だ。

「楽しかったな。あんなに笑いながら食べたのは久しぶりだ」

「私も」

気の合う相手とおいしく食事をしてお酒を飲んで、お腹の底から笑って……。そんなふうに過ごしたのはいつ以来だろう……。

「須藤くん、今日は誘ってくれてありがとう」

「どういたしまして。俺も楽しかったよ」

蓮斗を見ると、彼は優しく微笑んでいた。細められた目、弧を描く口元。詩穂だけに向けられたその笑顔に、胸がキュウッとなる。

（待って待って！　須藤くんは親切で連れ出してくれただけなんだから）

予期せぬ胸の高鳴りに気をとられていたせいか、詩穂は横断歩道と歩道の段差につまずいた。

「なにやってんだ、酔っ払い」

蓮斗が笑いながら詩穂の右手を取った。キュッと握られて、ドキンとする。

「ま、楽しいと、ついつい飲み過ぎてしまうよな。家まで送っていくよ」

蓮斗に言われて、詩穂は首を横に振って努めて冷静な声を出す。

「悪いからいい」

「気にするなって。二駅しか違わないんだから」

その優しさに、どうしようもなく心が揺さぶられる。少し前まで弘哉に対して持っていたはずの気持ちを、蓮斗に抱いてしまいそうになる。

『小牧が俺を友達だって言うのなら、俺は小牧を裏切ったりしない』

そう言ってくれた相手に、抱いていい感情ではないはずだ。友達でなくなったら、この心地いい関係が壊れてしまうかもしれない。せっかく見つけた居場所を失ってしまうかもしれない……。

詩穂は足を止め、大きく息を吸い込んで蓮斗を見た。

「気にするよ。友達にそこまで迷惑かけられない」

詩穂の言葉を聞いて、蓮斗の顔から笑みが消えた。彼の手から力が抜け、詩穂は右手を引き抜いてコートのポケットに入れる。

「俺は本当に迷惑だとは思ってなかったんだけど」

蓮斗が低い声で言った。

「わかってる。須藤くんが私にとてもよくしてくれていることには感謝してる。だけど……ううん、だからこそ大切な友達をこれ以上煩わせたくないの」

本当はこれ以上一緒にいたら、彼への気持ちが止められなくなりそうで怖いのだ。煩わしいのは、そんな自分の心だった。彼に悟られて、ギクシャクして仕事がうまく進められなくなったら、『小牧なら信用できる。安心して仕事を頼める』と言ってくれた彼の信頼を裏切ることになる。

こんな想い、小さなうちに摘み取ってしまわなければ。

詩穂は笑顔を作った。

「でも、方向は同じだから、途中までは一緒だよ。駅で私を見送ってくれたら、それでじゅうぶんだから」

「わかった。だけど、心配だから、家に着いたらメッセージを送ってほしい」

「……うん」

詩穂は無言で歩き出した。蓮斗がすぐに追いつき、詩穂に並ぶ。

数日前に救われた彼の優しさが、今はひどく苦しく感じた。

叶えてあげたい〝ソムニウム〟


月曜日、詩穂はエレベーターで三十五階に上がりながら、土曜日のことを思い返していた。蓮斗の方が先に地下鉄を降り、詩穂は二駅先にあるマンションまでひとりで帰った。彼がいなくなった右側が寂しくて、ああ、ダメだな、と思ったのだ。

(恋、しちゃったのかなぁ……)

自分の想いに歯止めがかけられないことをもどかしく思いながら、詩穂はオフィスに入った。

「おはようございます」

詩穂の声に反応して、パーティションから啓一が顔を出した。

「おはよう、小牧さん」

そう言った彼の顔には、なぜかニヤニヤ笑いが浮かんでいた。

今日はオフィスカジュアルっぽく白のプルオーバーブラウスに紺色のテーパードパンツを合わせたのだが、そんなにニヤニヤされるということは、よっぽど似合っていないのだろうか。

詩穂が自分の服を見下ろしたとき、啓一が近づいてきて声を潜めて言う。

「金曜日、蓮斗に送ってもらったんだろ？　あいつ、送り狼にならなかった？」

「えっ」

どうして啓一がそんなことを知っているのか。詩穂の驚いた顔を見て、啓一がくっくと笑った。

「蓮斗のやつ、歓迎会のあと俺らのいるバーに来たから、てっきり一緒に飲むのかと思ったんだよ。そうしたら『小牧が心配だから送っていく』って言って、バーから出ていったんだ」

そういう経緯があったのかと詩穂は納得した。

「確かに送ってもらいました」

「それだけ？」

意味ありげな視線を向けられ、あの日このオフィスで、蓮斗に目尻にキスをされたことを思い出した。だが、あれは親が子どもにするおまじないのようなものなのだ。

「それだけです」

「えー、じゃあ、なにか思わなかった？　酔った私を送ってくれるなんて須藤くんって優しい！とか、意外と頼りになるイイ男！とか」

今の詩穂にとっては図星でしかないことを言われ、内心動揺しながらも、詩穂は明るい声で答える。

「あー、確かに面倒見のいい社長だなーと思いました。あんな気遣いのできる上司、なかなかいないと思いますよ」

「いや、社長とか上司とかじゃなくてさ、ひとりの男として――」

啓一が言いかけたとき、ゴホンと大きな咳払いが聞こえた。振り返ると、蓮斗が出社してきたところだった。

「おはよう」

目が合って蓮斗が微笑み、詩穂の心臓がトクッと音をたてた。意に反してときめく心を呪いたい。

「おはようございます。先日はどうもありがとうございました」

啓一がいる手前、それだけ言って詩穂は自分のデスクに向かった。

その日、詩穂は真梨子に倣って弁当を作ってきた。ランチタイムになって詩穂は真梨子と一緒に休憩スペースに向かった。そこはキッチンスペースの隣にあり、窓際に三人掛けのソファが向き合って置かれている。詩穂は真梨子と一緒に左側のソファに座った。

「いただきま〜す」

真梨子がふたを開けた弁当箱には、ハンバーグにパプリカのマリネ、ブロッコリーの塩茹《ゆ》でなどがキレイに詰められていた。彩りがよくカラフルでおいしそうだ。

「わー、やっぱり真梨子さんのお弁当、すごいです。私、今日はがんばって早起きしましたけど、継続できる気がしないですもん。真梨子さんは毎日作ってるなんて、尊敬します」

「だって、主人のお弁当も作ってるんだも〜ん」

真梨子は夫の話になると、相変わらず語尾にハートマークがつきそうな口調になる。

「ホント、ラブラブですね。そんなにいい出会いがあるなら、私もマッチングアプリ試してみようかなぁ……」

蓮斗への恋心がこれ以上膨らまないようにするには、ほかに新しい出会いを求める方がいいのかもしれない。

「私が使ってたのを教えてあげようか？」

真梨子がスマホを手に取ったとき、パーティションから蓮斗が現れた。そうして詩穂の弁当箱を覗き込む。

「うーん……炊き込みご飯にから揚げ、ウインナーにきんぴらごぼうか……。見事に茶色いな。わざと茶色に統一したのか?」

土曜日の気まずさを感じさせない、からかうような口調だ。

「うるさいなー、見ないでよ」

ついタメ口で応えてしまい、慌てて言い直す。

「うるさいです、見ないでください」

蓮斗はおかしそうに笑って、ひょいと手を伸ばし卵焼きをつまんだ。

「茶色くないもの見っけ」

そうしてぱくりと口に入れた。

「あ、ちょっと!」

「へえ、意外と甘いんだな、この卵焼き」

勝手に食べたくせに文句を言うなんて、と詩穂は蓮斗を睨んだ。

「今度、俺の弁当も作ってきてよ」

「はぁ? なんで私が社長のお弁当を作らなくちゃいけないんですかっ」

「そんなの決まってるだろ」

蓮斗が大きな笑顔になって続ける。

「うまかったからだ」

その笑みがあまりにまぶしくて、詩穂の心臓が大きく跳ねた。この男はどうしてこうも、私の恋心に不意打ちを食らわせるのか。

「いいだろ？」

見つめられて鼓動がどんどん速まっていき、詩穂はわざとそっけなく答える。

「は、早起きするのは大変なんでっ、明日からコンビニ弁当にしますっ」

「なんだよ、つまらないな」

蓮斗が不満そうな顔をして言った。

「私たち、これから女子トークするんで、社長は邪魔しないでください」

詩穂はつんと横を向いた。その詩穂の頭を蓮斗がくしゃくしゃと撫でる。

「マッチングアプリはやめとけ。どうせいい出会いなんてないんだから」

「そんなことないです。真梨子さんがご主人と出会ったアプリだから間違いないです」

「だーかーら」

蓮斗はイライラしたように右手で前髪をくしゃりと掻き上げた。

「どうせまた、ろくでもない男に引っかかるだけなんだから」

「〝また〟ってどういう意味ですかっ」

「そのまんまの意味だ。おまえ、男を見る目がなさすぎるんだよ」

蓮斗は言って詩穂に背を向け、歩き出した。詩穂はムカムカしながらその背中を見送る。確かに弘哉の本性は見抜けなかったかもしれないが、マッチングアプリをやりたい理由は、これ以上蓮斗を好きになりたくないからなのだ。

（人の気も知らないで！）

詩穂はぷりぷりしながら言う。

「なにもあんな言い方しなくてもいいじゃないですか。真梨子さんがご主人と出会ったアプリなのに。ホントひどいですよねぇ？」

詩穂は同意を求めて真梨子を見たが、彼女はおかしそうに肩を震わせながら、声を出さずに笑っていた。

「ど、どうしたんですか？」

真梨子は「ふふふっ」と声を出して笑ってから、目尻の涙を人差し指で拭った。

「やっぱり詩穂ちゃんにマッチングアプリを教えるのはやめておくわ」

「えー、どうしてですかっ。私、金曜日の歓迎会のあとで、元カレに再会したんですっ。元カレってば美人の婚約者を連れてたんですよ！　だから、私だってステキな彼氏を見つけたいんですっ」

本当はもう弘哉のことが理由ではないのだが、蓮斗のことを言うわけにはいかない。

「うーん、でも、やっぱり詩穂ちゃんにマッチングアプリは必要ないと思うの」

「必要あります。大ありです。だって、ぜんぜん出会いがないんですよ～」

情けない声を出す詩穂に、真梨子はにっこり笑って言う。

「運命の相手は意外と身近にいるかもよ。さ、この話はもうおしまいにして、お弁当食べよ」

真梨子はハンバーグを口に入れて「ああ、おいしい」と幸せそうな笑顔になる。

「詩穂ちゃんも食べてみる？」

完全に話題を変えられ、詩穂は諦めて炊き込みご飯に箸《はし》を入れた。


その日の夕方、啓一に頼まれていた特許庁のデータをプリントアウトして、彼のブースに届けに行った。その帰り、蓮斗に呼び止められる。

「小牧、ちょっと来てくれ」

蓮斗に手招きされて、詩穂は彼と一緒に入口前のソファに向かった。促されるまま、金曜日に大泣きしたのと同じソファに座り、その隣に蓮斗が腰を下ろす。

「なんですか？」

詩穂が訊くと、蓮斗は身を乗り出して小声で問う。

「石垣さんにマッチングアプリを教えてもらったのか？」

「それは社長には関係のないことですよね。おまけに業務にも関係ありません」

詩穂はつっけんどんに答えた。

「あのな～」

蓮斗はアームレストに右肘をついて、右手で額を押さえた。一度ため息をついて詩穂を見る。

「マッチングで思いついたんだけどな、手工芸品を作りたい人と買いたい人をマッチングするようなアプリを開発しようかと思ってるんだ」

「えっ」

詩穂は思わず身を乗り出して蓮斗を見た。

詩穂が起業コンペの補助金を受けて作ったのは販売サイトだったが、売りたい人と買いたい人をつなぎたいという発想は同じだ。

「姉貴が息子を子ども園に入園させるとき、指定の形と大きさの体操着入れやランチマットを用意しなくちゃいけなかったんだ。市販されている体操着袋じゃ、園に指定された持ち手がついてなかったり、大きさが小さかったりで、苦労して探したけど見つからなくて、結局母親に頼んで作ってもらってた。で、あんまり出来がよかったもんだから、友達の子どもの分も頼まれて、母親が作ったんだ。そういうところに作ってほしいというニーズと、作りたいというニーズがあると思う」

蓮斗の話を聞いて、詩穂は顔を輝かせる。

「そうなの！　私がしたかったのはそういうニーズをつなぐことだったの！」

詩穂の表情を見て、蓮斗は優しく微笑む。

「だから、小牧に手工芸品の作者と買い手をつなぐ、マッチングアプリの開発を頼みたい」

「えっ」

『アプリの開発』と言われて、詩穂の顔が引きつった。

「私……アプリの開発なんてやったことないです」

「大丈夫。副社長とも話し合って、小牧に任せてみようってことになったんだ。デザインや大まかな仕組みや機能を考えてくれたら、プログラミングは開発担当者がやるから」

それだったら、自分にもできるかもしれない。それになにより、一度は手放してしまった夢を、もう一度別の形で実現できるかもしれないのだ。

やってみたい、という思いが湧き上がってきた。

詩穂はおずおずと蓮斗を見る。

「本当に……私が考えていいんですか？」

蓮斗はしっかりと頷いた。

「もちろん。社員の夢は会社の夢だ。小牧のソムニウムを叶えよう」

蓮斗の力強い声を聞いて、詩穂の胸が熱くなる。

（私のソムニウム。今度こそ絶対に叶えたい！）

詩穂はソファから立ち上がって蓮斗に向き直り、深々とお辞儀をした。

「よろしくお願いします！」

「がんばろうな」

顔を上げたときに笑顔の蓮斗と目が合い、詩穂もつられて笑顔になった。


本来の事務アシスタントとしての仕事もこなさなければならないため、空いた時間を見つけては、ノートにアプリの画面のデザインや仕様をメモしていった。終業時間になると仕事は振られなくなるため、詩穂はデスクにノートを広げて頭を悩ませる。

「詩穂ちゃん、なにか手伝えることある？」

真梨子に小声で声をかけられ、詩穂はノートから顔を上げた。

「ありがとうございます。でも、大丈夫です」

「あんまり無理しないでね。それじゃ、お先に」

真梨子はバッグを肩にかけ、ほかの社員に挨拶しながらオフィスを出ていった。詩穂は思いついてスマホを取り出す。アプリストアを覗いて、どんなデザインがあるのか、どんなアプリがあるのか見てみようと思ったのだ。

ストアには詩穂がスマホに入れているアプリや、テレビでＣＭされているアプリのほか、多種多様なアプリが文字通り無数にある。デザインもシンプルなキャラクターのイラストから、よくわからない幾何学模様までさまざまだ。

（パッと見てなんのアプリかわかる方がいいよね〜。ネーミングは手工芸品が人と人をつなぐってことで……クラフト・コネクションとか？　う〜ん、クラフトよりハンドメイドの方がわかりやすいかな）

画面をスクロールしながらいろいろ見ていると、突然スマホの上に誰かの影が落ちた。不思議に思って顔を上げたら、蓮斗が上から覗き込んでいる。

「あんまり熱心だから、マッチングアプリでも見てるのかと思った」

「ちゃんと仕事してますっ。それにマッチングアプリは真梨子さんに教えてもらえませんでしたっ」

詩穂の言葉を聞いて、蓮斗は頬を緩めた。

「そうなんだ」

「なにかご用ですか？」

「いいや。はかどってるかなと思って」

「今、アプリストアでほかにどんなアプリがあるのか調べてたんです」

「なるほど。じゃあ、ネイティブアプリを考えているんだな？」

「ネイティブ……アプリ？」

聞いたことのない言葉を言われて、詩穂は難しい顔をする。

「ああ、ネイティブアプリは特定のプラットフォーム上で動作するアプリのことだよ。たとえば、あるＯＳ上やスマホ上で動作するアプリとか。スマホでメッセージや写真を投稿するＳＮＳツールもネイティブアプリだな」

「そうなんだ」

友達とメッセージをやりとりするような身近なアプリにそんな名称があったなんて、知らなかった。

蓮斗は説明を続ける。

「スマホ上で動作するスマホアプリだと、カメラとかスマホに搭載されているさまざまな機能を持たせることができるし、動作もウェブアプリより速い。ウェブアプリはインターネットのウェブブラウザ上で使うアプリなんだけど、ウェブアプリの場合、ウェブブラウザがあればパソコンでもスマホでも使えるというメリットがある」

「ネイティブアプリとウェブアプリ、どっちの方がいいんですか……？」

「どっちにもメリット、デメリットがある。たとえば、ネイティブアプリは動作は速いけど、インストールする必要がある。数あるアプリからいかにして選んでもらうかっていうことも考えなければならない」

詩穂は、膨大な量のアプリが紹介されていたストアのページを思い出した。

「ウェブアプリは開発コスト面では有利だけど、スマホのホーム画面にアプリのアイコンを設置できない。つまり、毎回ウェブブラウザを立ち上げて、そこからお気に入りなりブックマークなりから飛ばないといけないんだ」

「うーん、なんだか難しいですね……」

そもそも、そんなことを区別せずにただデザインを考えていたのだ。

「まだ残るつもり？」

蓮斗に訊かれて、詩穂はため息をつく。

「いいえ。まずネイティブアプリとかウェブアプリとか考えずにやっていたので、もう一度整理してからやろうと思います」

「それなら、一緒に飯食いに行こう。両方のいいとこ取りをしたハイブリッドアプリってのもあるし、アプリについてもう少し説明してやるよ」

詩穂は左手の腕時計を見た。いつの間にか午後七時を回っている。

これ以上蓮斗との距離を縮めたくはないが……夢を叶えるためだ。

詩穂は決心して頷いた。

「じゃあ、お願いします」

「決まり。それじゃあ、帰る準備をしてくる」

蓮斗が自分のブースに戻り、詩穂はデスクの上を片づけ始めた。パソコンをシャットダウンしてバッグを取り上げたとき、ビジネスバッグを持った蓮斗が近づいてくる。まだ数人残っている開発担当者の背中に「お疲れさまです」と声をかけて、詩穂は蓮斗とともにオフィスを出た。

「食べたいもののリクエストはある？」

蓮斗がエレベーターの下ボタンを押しながら言った。もう会社を出たのでタメ口でもいいかと思ったが、社員と社長の距離を保ちたくて、詩穂は敬語で話し続ける。

「それなら、私の原点ともいえるお店でもいいですか？　点心なんですけど」

男性ならもっとがっつりした料理の方がいいだろうかと思ったが、蓮斗は頷いて答える。

「いいね。点心は久しぶりだ」

「よかった。実は私のマンションの近くなんです」

「大学時代の行きつけの店？」

「いいえ、二回しか行ったことないです」

そのときエレベーターの扉が開き、ふたりで乗り込んだ。扉が閉まって下降し始め、蓮斗が言う。

「もう会社を出たんだから、普通にしゃべってくれないか？」

「普通ってどういうことです？」

「だから、それだよ、そのよそよそしい敬語。それをやめてくれってこと。土曜日、俺が余計なお節介を焼こうとしたから怒っているのか？」

「そうじゃないです」

「だったら、ふたりでいるときはタメ口で頼む。小牧に敬語を使われると落ち着かないんだ」

私はタメ口を使う方が落ち着かないんだけどな、と思いながら、詩穂はため息をついた。

「わかりました。じゃなくて、わかった。会社を出たら上司と部下じゃなくて、友達ってことですね」

自分に言い聞かせるようにそう言ったのだが、なぜか蓮斗がムッとした表情になる。

「まあ、そういうことだな」

詩穂が首を傾げ、蓮斗はふいっと横を向いた。

「……機嫌悪い？」

「別に」

詩穂への返答も短い。

「私のせい？」

「どうしてそうなる？」

「だって……土曜日、私が須藤くんの厚意を無にしたから」

蓮斗は右手で前髪をくしゃくしゃと掻き乱し、大きなため息をついた。

「そんなことで怒ったりはしない。ただ……腹が減ってるだけだ」

「ホントに？」

まだ不機嫌そうだが、本人が言うのだからそうなのだろう。

「ああ」

「人間、腹が減ってはなんとやら、だもんね。じゃあ、たくさん頼んでね。私もいろんな種類の点心が食べたいから。今日は私が奢るし、遠慮しないでいいよ」

詩穂が自分の胸を軽く叩くと、蓮斗がふっと笑みをこぼした。

「初月給も入ってないやつに奢らせられるかよ」

「だってこの前、居酒屋で奢ってくれたじゃない」

「今日は奢らなくていいから、代わりにしばらく弁当を作ってよ」

「うーん、お弁当はちょっと……。今日、早起きは無理だって思ったところだったし」

「なんだよ、使えないな〜」

蓮斗に不満げに言われて、詩穂は頬を膨らませる。

「うるさいな。朝五時半に起きるのって結構大変なんだからねっ」

「そんなに早起きしてたのかよ。だったら、弁当はいいや。その代わり、馬車馬のようにこき使ってやる」

「えーっ、それもやだ」

詩穂は情けない顔で蓮斗を見た。詩穂の表情を見て、蓮斗が噴き出し、詩穂の髪をくしゃくしゃと撫でる。

「あーあ、小牧には敵わないな。もう俺のそばにいてくれたらそれでいいよ」

その言葉はきっと彼なりの優しさだ。一線を越えなければ、この心地いい関係を守れるのだ。蓮斗は大切な人、ソムニウムに居場所をくれた人。弘哉のときと同じ過ちを犯してはいけない。

「わかった。今後ともよろしくね」

詩穂は精いっぱい友達の笑顔を作って答えた。

今度こそ逃がさない

詩穂の原点ともいえる点心の店は、市内の繁華街から外れた場所にある。川沿いの落ち着いた地域に位置し、大学生が行くには少し高く感じるが、起業コンペの直前、景気づけにと友人たちが予約してくれた店だ。優秀賞受賞後にもお祝いとして食べに来た思い出がある。

案内されたのは壁際のテーブル席だった。ふたりでメニューを眺め、小籠包や焼売などの点心のほかに、〝牛肉のみそ炒めのクレープ包み〟や〝カニとレタスの炒飯〟など、ボリュームのある料理が食べられるコースを注文した。

詩穂はライチソーダを、蓮斗は紹興酒をオンザロックで飲みながら、順に運ばれてくる点心を頬張る。

「ん〜、このおいしさ、久しぶり！」

小籠包から溢れる熱々の肉汁に、詩穂は悶絶《もんぜつ》しそうになった。悩み事はひとまず頭の隅に追いやって、おいしい料理を味わう。

「前はいつ来たんだ？」

紹興酒をひと口飲んで蓮斗が言った。

「最後に来たのは起業コンペの直後だよ。起業を手伝ってくれた友達と三人で来たんだけど……」

あのとき未来はバラ色に見えた。けれど、詩穂の力が及ばず、起業は失敗に終わった。友達ふたりにも迷惑をかけてしまったのだ。

「そのふたりとはそれからも会ってるのか？」

「まさか。もう無理だよ。大学卒業後に就職活動させる羽目になっちゃったんだし……。顔向けできないよ。何年か前に『久しぶりに集まろう』って連絡をくれたんだけど……申し訳なくて結局行けなかった」

詩穂はライチソーダのグラスに口をつけた。

「申し訳なく思う必要なんてないよ。向こうから連絡をくれたんだろ？」

「それはそうなんだけど……」

「一度、小牧から連絡してみろよ。案外あっさりしてるかもしれないぞ」

「そんなに簡単に言わないでよ」

「だけど、相手に確かめたわけじゃない。小牧が勝手に『顔向けできない』って思ってるだけだ」

あのときの絶望的な気持ちを思い出し、詩穂はムッとして言い返す。

「挫折を知らない須藤くんにはわからないよ」

「俺が挫折を知らないって、どうしてそう思う？」

真顔で問われて、詩穂はつかえながら答える。

「え、ど、どうしてって言われても……だって、須藤くんはいつだって自信満々で偉そうじゃない」

「俺が不安そうだったら、社員だって不安になるじゃないか」

その言葉を聞いて、詩穂はハッとした。蓮斗は詩穂が思っている以上に他人を思いやれる男だった。

「表面からは見えないもの、わからないことはいっぱいあるはずだ……なんて偉そうに言っても、俺は例のインターンの本性を見抜けなかったんだけどな」

蓮斗がため息交じりに言った。その表情が落ち込んでいるように見えて、インターンの事件が彼にとって挫折だったのだと気づいた。

「そう……だよね」

信じていた相手に裏切られる悲しみやつらさ、怒りは自分も味わったばかりだ。それなのに、なんてことを言ってしまったのだろう。

「ごめんね……」

詩穂の表情が沈んだのに気づいて、蓮斗が笑みを作る。

「なんて顔をしてるんだ。そんな顔を見せられながら食う俺の身にもなってみろよ。せっかくの料理がまずくなる」

蓮斗は憎たらしい顔で言って紹興酒のグラスを持ち上げた。

（強がってるのは……須藤くんの方じゃないの？）

けれど、そんなことを言うわけにもいかず、結局いつもの通り憎まれ口を返すことにする。

「席の向かい側にいるのが絶世の美女じゃなくて悪うございましたね～」

べーっと舌を出してやると、蓮斗が苦笑した。

「最初から絶世の美女なんて期待してないよ」

「あーら、私は絶世の美男子を期待してましたけどっ」

「なんだよ」

「なによ」

お互い相手を睨んでみたが、すぐに噴き出した。笑い声に場が和んで、それからはおいしく食事を楽しんだ。

店を出たときには、心もお腹も大満足だった。熱々の料理に体が温まって、気持ちもほかほかだ。

「あー、おいしかった！」

「うん、うまかったし、小牧と一緒に食べられて楽しかった」

蓮斗も満足した様子なのは嬉しいが、今回も彼が奢ってくれた。

「ねえ、本当に割り勘にしなくていいの？」

「その話は行く前に決着をつけたぞ」

「でも……」

蓮斗が足を止めたので、詩穂は一歩先で立ち止まった。振り返って彼を見る。

「俺は小牧が喜んでくれたら嬉しいなって思ったんだよ。その俺の気持ちを踏みにじるわけ？」

じとっとした視線を送られ、詩穂は言葉に詰まる。

「で、でも……須藤くんには助けられてばかりだし……それに馬車馬のように働ける自信はないし」

『俺のそばにいてくれたらそれでいい』と言われたが、詩穂が担っているのはアシスタントの仕事だ。きちんと給料がもらえるのに、五桁に近い点心の代金までチャラにできるほど、自分が優秀だとは思えない。

蓮斗はため息をついた。

「だったら、冷たいものが食べたいから、コンビニでアイスを奢ってくれ」

「え？　そんなんじゃ割に合わないよ」

「そんなことはない。点心を食べて小牧が幸せだと思う気持ちと、小牧が買ってくれたアイスを食べて幸せだと思う俺の気持ちは同じだ」

「えー……とても同じだと思えないけど」

「お・な・じ・だ」

一音ずつ強調して言われ、詩穂はそれ以上反論するのはやめた。

「……わかった。確かにデザートまで餡《あん》入り小籠包で熱々だったもんね」

「わかればよろしい」

蓮斗が満足げに頷き、詩穂は彼と一緒に歩き出した。ほどなくしてコンビニに到着し、アイスコーナーで食べたいものを選ぶ。アイスパフェを手に取った詩穂は、同じものを選んだ蓮斗を見て首を傾げる。

「同じ冷たいものなら、プリンとかゼリーの方がよくない？　地下鉄に乗ってる間に溶けちゃいそう」

「だったら、小牧んちで食べてもいい？」

「えっ」

蓮斗に訊かれて詩穂の手からアイスパフェがぽろりと落ちた。

「おっと」

蓮斗がそれを受け止め、ニヤッと笑う。

「そんなふうに動揺するってことは、小牧は俺のことを男として意識してるんだ？」

からかうように言われて、詩穂は慌てて口を動かす。

こっちが距離を置こうと必死で努力しているのに、勝手に詰めてこられてはたまらない！

「ま、まさか！　別に須藤くんのことなんて意識してないし、うちで食べてくれてもぜんぜん問題ないよ。でも、ほら、世間体とかそういうのがあるから、やっぱりやめておいた方がいいと思うの」

「俺が小牧の家に行くのは、今日が初めてってわけじゃないぞ？」

「そ、そうだけど、だからこそ、そう何度も来られたら困るの！」

「あーそうですか。はいはい、わかりました。家に帰ってひとりで食うよ」

蓮斗は詩穂が持っていた買い物カゴにアイスパフェをポイッと入れた。

「会計よろしく」

そう言ってさっさと店の外に出る。詩穂は半ば呆気《あっけ》にとられてその背中を見送ったが、彼が外のベンチに座ったのを見て、レジに向かった。

(なんなの、あれ！)

会計を済ませて自動ドアから外に出て、アイスパフェがひとつ入った袋を蓮斗の顔の前に突き出す。

「はい」

「どうも」

蓮斗はぼそりと言って袋を受け取り、立ち上がって詩穂を見た。

「帰るぞ」

「あ、うん」

蓮斗が歩き出したので、詩穂も続いた。彼は詩穂のマンションの方へと進んでいる。

「ええと……やっぱりうちで食べたいの？」

「違う。おまえを送っていくんだよ。今日は絶対に送るからな。いくら小牧でも、こんな時間にひとりで帰すわけにはいかないんだ」

感謝していいのかわからないような言い方に、詩穂は唇を尖《とが》らせた。素直にありがとうと言いにくい言われようだ。

そのまま無言で歩き続けたが、やっぱり気まずくて、詩穂は話題をひねり出した。

「あの……あのね、会社を出る前に須藤くんがチラッと言ってたハイブリッドアプリって……なんのこと？　詳しく説明してくれないかな？」

そもそも、その話を聞きたくて食事に行くことにしたのに、楽しいのとおいしいのとですっかり忘れていた。

蓮斗は前を向いたまま淡々と説明する。

「ハイブリッドアプリは、簡単に言うと、ウェブアプリとネイティブアプリを組み合わせたものだ。わかりやすい例はこれだな」

蓮斗は自分のスマホを操作して、世界的に有名な電子商取引サイトによるショッピングアプリを開いて、詩穂に見せた。食品から日用品、衣類、電化製品、電子書籍まで、ありとあらゆるものを扱っている巨大オンラインショップで、詩穂もよく利用している。

「ネイティブアプリと比べてコストを抑えられるし、ウェブアプリよりも動作が速い。ほかにもメリットが多い」

「それじゃ、その三つからどの形態にするか決めればいいんだよね？　今回のはどれが一番いいんだろう……」

詩穂が情けない顔になり、蓮斗が苦笑した。

「大丈夫。そこは俺たち開発担当者に相談してくれたらいい。一緒に煮詰めよう」

「ありがとう。あの、もしよかったら、初心者でもわかるアプリ開発の本があれば、貸してもらえない？　初歩中の初歩のでいいんだけど」

「だったら、中学校と高校への出張授業で使ったテキストをやるよ。中学生向けのは基本的な内容だけど、高校生向けのはかなり本格的だ。あのテキストだけで、おもしろいアプリを作った高校生がいてびっくりしたよ」

蓮斗が楽しそうにそのときの様子を話し始めた。蓮斗の話を聞いているうちに、詩穂のマンションが見えてくる。

「ここでいいよ」

詩穂はエントランスの前で言ったが、蓮斗は首を横に振った。

「部屋の前まで送らせてくれ」

「心配性だなぁ。今日はそんなに酔ってないよ」

「いやいや。小牧が他人に迷惑をかけないか心配なんだ」

「はぁ？　なにそれ」

軽口を言い合いながらふたりでエレベーターに乗った。

五階に到着し、詩穂は蓮斗の方を見ながら言う。

「ほ～ら、誰にも迷惑かけずに無事に帰れたでしょ。とはいえ、送ってくれてありがとう」

だが、廊下に足を踏み出した瞬間、数メートル先の五〇二号室の前に人影を見つけて、詩穂の足が止まった。

「弘哉さん……」

「詩穂！」

弘哉が詩穂に駆け寄り、蓮斗が詩穂をかばうように一歩前に出た。

「詩穂、どうしてほかの男と婚約なんてしたんだ！」

弘哉が声を張り上げた。

「どうしてって……先に婚約したのは弘哉さんじゃないですか」

「だから、腹いせにほかの男と婚約したのか？　結婚して落ち着いたら会いに行くって言ったのに！」

「おい、なにを言ってるんだ」

蓮斗が険しい口調で言葉を挟んだ。弘哉は蓮斗を見たが、蓮斗の斜め後ろにいる詩穂に訴えるように言う。

「詩穂が……ほかの男のものになると知って……たまらなく苦しくなった。美月さんとの婚約を解消する。だから、俺のところに戻ってきてほしい」

「婚約を……解消？」

弘哉の言葉に驚き、詩穂はつぶやいた。蓮斗が振り返って詩穂を見る。

「小牧は……まだあいつのことが好きなのか？」

廊下の照明で逆光になっていて、蓮斗の表情はよく見えないが、なにかの感情を押し殺しているような低い声だった。

詩穂は弘哉を見た。今まで見たことがないような必死の表情で、目は血走っている。そんなふうに私のために必死になってくれているのだと思っても、不思議と心は動かなかった。

彼がほかの女性と結婚しなければならないと聞いたときは、なんて不条理な、と思った。お互い想い合っているのに引き裂かれるなんて、と苦しくなった。けれど、いったん彼と離れて、彼の本当の姿が見えたのだ。そして、詩穂自身、自分を偽っていたと知った。詩穂はもう弘哉の望む女性を演じることはできない。

詩穂は大きく息を吸い込んだ。

「弘哉さんは本当の私を知らないと思います」

「本当の詩穂？」

弘哉が詩穂に近づき、詩穂は蓮斗の左に並んだ。蓮斗の手が詩穂の右肘を掴み、詩穂は蓮斗の手にそっと左手を添える。

「金曜日、弘哉さんは『詩穂みたいに控えめで、俺を立てて尽くしてくれる女性の方がいい』って言ってました。でも、本当の私はそうじゃないんです。居場所をくれたことが嬉しくて、弘哉さん好みの女性になりたいと努力しました。でも、結局なれませんでした」

詩穂は蓮斗の目を見て、話を合わせてと訴えながら、彼の左腕に両腕を絡めた。

「本当は控えめでも、おしとやかでもないし、男性を立てて尽くすタイプでもありません。人前でベタベタするのだって平気なんです」

蓮斗が詩穂の腰に右手を回して抱き寄せ、強い口調で弘哉に言う。

「おまえに詩穂は渡さない。絶対に」

蓮斗が話を合わせてくれたことに感謝しながら、詩穂は弘哉を見た。

「だから……やっぱり私は弘哉さんのお父さんが言ったみたいに、あなたの地位にも家柄にも見合ってないんです」

「詩穂……」

弘哉が肩を落としてうなだれ、詩穂は蓮斗の腕から自分の腕を解いた。

「CBエージェンシーの社長は弘哉さんです。社員を守ろうと決めたのも弘哉さんです。だから……どうかCBエージェンシーを立て直してください。私によくしてくれたほかの社員の人たちが困らないように……」

詩穂の静かな声を聞いて、弘哉はゆっくりと顔を上げた。

「……俺は決断を間違えたんだろうか」

「わかりません。でも、もし会社が倒産するようなことになったら、それは間違った決断だったのだと思います。だから、間違った決断にならないようにしてください。お願いします」

弘哉は肩を落としてかすかに微笑んだ。

「そうか……詩穂はこんなふうにはっきり意見を言うタイプだったんだね。ずっと俺に合わせてくれていたんだな……。すまなかった」

「私の方こそ……ごめんなさい。ずっと人生の負け組だと思っていたから、弘哉さんが居場所をくれて嬉しかったんです。そのことに甘えて……自分を取り繕っていた私もいけませんでした」

「……詩穂、どうかお幸せに」

「弘哉さんも」

弘哉は一度頷き、力なく歩き出した。その背中が寂しげに見えて、詩穂の胸が痛む。

弘哉の姿がエレベーターに吸い込まれ、機械的な音声が「ドアが閉まります」と告げた。もうこれで彼と会うこともなくなるだろう。

「大丈夫……かな?」

詩穂はぼそっとつぶやいた。

「自分の言葉に責任を持てないようじゃ、社長を務める資格はない」

蓮斗の口調は厳しく、彼が背負っている責任の重さがにじんでいた。詩穂が蓮斗を見たら、彼も詩穂を見た。その瞳が熱を宿したようにかすかにきらめいて見える。

「さっきの詩穂、かっこよかった」

「あー……なんか無我夢中で……」

詩穂は照れ笑いを浮かべた。詩穂の腰に蓮斗の手が回され、彼の方に引き寄せられた。彼の両腕の中に閉じ込められ、そのことを意識して詩穂の体温が上がる。

「あの、ええと、話を合わせてくれてありがとう」

詩穂は蓮斗から逃れるように、彼の胸に両手を押し当てた。

「どうせなら……礼は言葉じゃない方がいいな」

半分笑みを含んだような声で蓮斗が言い、右手で詩穂の頬に触れた。詩穂は戸惑いながら彼を見上げる。目が合って、彼の口元からすっと笑みが消えた。彼の真剣な表情に、心臓がドクンと音をたてる。

「あの、それじゃ、今度ご飯でも――」

奢ろうか、と言いかけた唇に彼の唇が触れた。

「あ」

詩穂は反射的に蓮斗のコートの胸をギュッと掴んだ。礼は言葉でもご飯でもなく体で、ということなのか。モテる男なら普通のことなのかもしれないが、詩穂にとってはそうではない。割り切って体を重ねるなんて……無理。

けれど、そんなことを考える理性も、何度も甘く優しく口づけられて、とろかされていく。

それは……キスをくれている相手が、好きな人だからだ。

蓮斗が唇を離して詩穂の額に自分の額をコツンと当てた。

「詩穂」

吐息交じりの声で呼ばれた名前が耳に心地いい。これまで何度か名前で呼ばれたことがあったが、今までで一番甘く響いた。

「詩穂の部屋で、アイスを食べてもいい？」

蓮斗の声はかすれていた。熱情のこもった眼差しで見つめられ、詩穂は頬を染めて視線を落とす。

「う、ん」

詩穂の返事を聞いて、蓮斗が腕を解いた。詩穂はバッグから鍵を取り出す。これから蓮斗との間に起こることを思って、手が震えた。

詩穂の手に蓮斗がそっと手を添えて鍵穴へと導いた。ドアを開けて玄関に入り、靴を脱いだところで、後ろから抱きしめられる。

「友達でいるのはもう限界なんだ」

耳元で蓮斗の声がした。ギューッと抱きしめられて、詩穂の鼓動がどんどん速くなる。バクバクと頭の中にまで響いて、詩穂はぼんやりとつぶやく。

「須藤くん、アイス……食べないの……？」

うなじに吐息がかかって、蓮斗が笑みをこぼしたのがわかった。蓮斗は詩穂をくるりと半回転させて、詩穂の顎をつまむ。

「アイスよりも詩穂を食べたい」

野性的な光を宿した瞳に見つめられ、詩穂は目を伏せた。さっきよりも強く唇を重ねられ、手からバッグと、アイスの入った袋が落ちる。

背中と膝裏に蓮斗の手が回されたかと思うと、ふわりと横向きに抱き上げられた。

「きゃ」

お姫さま抱っこをされたのは初めてで、詩穂は思わず蓮斗の首にしがみついた。

「心配するな。落としたりしない」

そのままベッドに運ばれ、ゆっくりとシーツの上に寝かされた。蓮斗が覆い被さり、詩穂の顔の横に肘をついた。そうして髪を梳くようにしながら詩穂の頭を撫で、唇に一度キスを落とす。

「詩穂……ずっとこうしたかった」

「須藤くん……」

「名前で呼べよ。俺の名前、知ってるだろ」

まっすぐに見つめられて、詩穂は照れながら彼を呼ぶ。

「……蓮斗」

蓮斗が目を細め、襟元に指を入れてネクタイを解いた。

「詩穂の声で名前を呼ばれるのって……いいな」

「なにそれ……」

「ゾクゾクするってことだよ」

蓮斗は詩穂の耳たぶに唇を寄せて、「詩穂」と呼んだ。熱い吐息交じりの声に耳をくすぐられ、詩穂の背中に淡い刺激が走る。

「れ、蓮斗の声の方がゾクゾクする……」

蓮斗の唇が詩穂の耳たぶに触れ、甘く歯を立てられた。

「ひゃ……」

彼の唇が首筋へ、鎖骨へと移動していき、詩穂の背筋が震える。

「詩穂の全部が欲しい……」

彼の体温に包まれながら、あちこちにキスを落とされて抗えるわけがない。

甘いささやき声に溺れるように、詩穂はそっと目を閉じた。

何度でも欲しくなる

　翌朝、目を覚ましたとき、部屋の中はまだ仄暗《ほのぐら》かった。目の前に蓮斗の寝顔があり、裸のまま彼に腕枕されている事態に息をのむ。

（蓮斗と寝てしまった……！）

なんてことをしたのだろう。すっかり酔いが醒《さ》めた今、後悔だけが押し寄せてくる。

弘哉が部屋の前で待っていたというショッキングな出来事に加えて、ふたりとも酔っていた。おまけに蓮斗には『礼は言葉じゃない方がいいな』と言われて、こんなことになったのだ。

　心を伴わない、体だけの関係。

　切なさが込み上げてきて、詩穂は思わず彼の名前を呼んだ。

「……蓮斗……」

　蓮斗がうっすらと目を開け、数回瞬きをした。そうしてにっこり微笑む。

「詩穂、おはよう」

　その表情に胸が苦しくなって、詩穂はベッドに起き上がった。

「シャワー、浴びてくる」

ベッドから降りようとしたとき、右手首を掴まれた。肩越しに見ると、蓮斗が気だるげに息を吐いた。

「今何時？」

詩穂は部屋を見回して、ＤＶＤプレイヤーの時刻表示に目をこらした。

「五時二十九分」

「五時半に起きるのは大変なんじゃなかったっけ」

蓮斗に『弁当作って』と言われて、そう断ったのを思い出した。

「でも、起きなくちゃ。今日は火曜日だし」

「あーあ、会社サボりたい」

「社長のくせになに言ってるのよ」

詩穂はそっけなく言った。蓮斗は体を起こして、詩穂の体に両腕を絡める。

「いいこと考えた」

そう言ったかと思うと、ベッドから降りて詩穂を横抱きに抱き上げた。

「えっ、ちょっと、やだ」

まだ部屋の中は暗いとはいえ、互いの体はぼんやりと白く見える。そんななか、なにも身につけていない状態で抱き上げられ、詩穂は恥ずかしくて真っ赤になった。

「今さらなに言ってんの」

　蓮斗の笑みを含んだ声が降ってきた。彼に抱かれたままバスルームに運ばれ、ひんやりとした床の上に降ろされた。彼が右手を伸ばしてレバーを持ち上げ、カランからバスタブに湯が流れ落ちる。立ち上る湯気の温もりにホッとしたのも束の間、明かりの下で彼に向き合い、目のやり場に困って、詩穂は体の前を隠しながら顔を背けた。

「詩穂」

　目の前に蓮斗の左手が伸びてきた。彼が壁にトンと手をつき、詩穂の顔を覗き込む。詩穂が頬を染めたまま睨むと、蓮斗が目元を緩めた。

「そんな目で睨まれても、逆にそそられるだけなんだけど」

　蓮斗の手が詩穂の頬に触れた。その手が詩穂の髪を梳くようにして後頭部に回され、ゆっくりと唇が重ねられた。優しいキスと愛おしむような仕草に胸が苦しくなって、詩穂は背を仰け反らせた。

「ま、まだ……するの？」

「詩穂はしたくない？」

　蓮斗の指先がそっと背筋を撫で下ろし、腰の辺りに淡い痺《しび》れが走る。

「だ、だって……」

「詩穂のこと、何度でも欲しくなるんだ」

蓮斗に抱き寄せられ、彼の逞しい胸板が柔らかな素肌に触れて、体温が上がっていくのがわかる。蓮斗の存在が大きくなりすぎて、これ以上彼を感じたら、彼の虜になってしまう。ただの部下として割り切って働けなくなる。

「お礼って……こんなに何度もしなくちゃいけないの？」

これ以上溺れる前に彼から逃れたい。その一心で詩穂は蓮斗を見上げた。その潤んだ瞳を見て、蓮斗が目を見張る。

「なんだって？」

「だ……って、これは昨日話を合わせてくれたことへのお礼なんでしょう？」

蓮斗が詩穂の肩に両手を置いて、まじまじと顔を見た。

「まさか、詩穂は昨日の礼のつもりで俺に抱かれたのか？」

そう問われて、詩穂の胸がズキンと痛んだ。本当はこれ以上好きになったらダメだとわかっていたのに、蓮斗への気持ちがどうしようもなく高まって、彼に求められたことが嬉しくて……昨夜は彼に応じたのだ。彼の腕の中にいる間は、お礼のつもりではなかった。

「れ、蓮斗がそう言ったから。『礼は言葉じゃない方がいい』って言ったから……」

「俺は最低だな」

蓮斗は低い声でつぶやき、顔を背けた。

「弱っている詩穂につけ込まないって決めてたのに、礼を口実にしておまえを抱いた……。だけど、友達でいるのは本当にもう限界だったんだ。橋の上で詩穂に再会したのは運命だと思っていたから」

「運命って……？」

蓮斗は前髪をくしゃりと握って言う。

「大学時代、詩穂のことが好きだった。なんにでも積極的で理想を追求しようとする詩穂の姿勢に励まされた。起業コンペで優秀賞を獲れたのは、詩穂に負けまいとがんばったからだ。同じ学部で同い年で……誰よりも輝いていた」

詩穂は驚いて目を見開いた。

「あの頃、おまえは俺のことを男として見てくれてなかったけど、俺はおまえのことが本当に好きだった。ライバルでも友達でもなく、ひとりの女性として惚れていた」

「弘哉さんに言ったことは……本当だったの？」

「半分は本当だ。でも、再会したときは、友達に戻っていたつもりだったし、おまえが『友達だ』って言うから、俺もそのつもりでいた。だから、困っていたおまえを雇えたんだ……」

蓮斗は淡い笑みを浮かべて続ける。

「だけど、一緒にいるうちにどうしても守ってやりたいって思い始めた。大学時代は強いおまえに惚れていたけど、弱いところも知って……全部含めてまたおまえを好きになった。あの男に『詩穂は渡さない』と言ったのは本心だ。今度こそ絶対に逃がさないと誓った。でも、土曜日、送っていこうとして断られたから……焦ってすべてを台無しにしないよう、ゆっくり進めるつもりだったんだ。それなのに……結局俺はぶち壊してしまった」

蓮斗は自嘲の笑みを浮かべて詩穂に背を向けた。

「悪かった」

蓮斗がドアノブに手をかけたので、詩穂はとっさに彼の背中にしがみついた。

「なんでそんな大事なことを言ってくれなかったのよっ！」

「えっ」

蓮斗が驚いた声をあげて、肩越しに詩穂を見る。

「私を……好きってこと！　言ってくれてたら、私、あんなに悩まなかったのに！

本当にただのお礼のためなんだと思ったから……私、苦しくて」

涙が込み上げてきて、詩穂は後ろから蓮斗をギューッと抱きしめる。

「まぶしかったのは蓮斗の方だよ。蓮斗のそばにいて、どんどん惹《ひ》かれていって……。私、蓮斗が好き」

詩穂は蓮斗の背中に頬を寄せた。蓮斗の胸に回した手に、彼の手が重ねられる。

蓮斗が大きく息を吐いた。

「こんなの……ただの拷問でしかないんだけど」

「え？」

「好きな女に裸で抱きつかれてなにもできないなんて、地獄だ」

詩穂の手を握ったまま、蓮斗はくるりと詩穂の方を向いた。そうして大きく微笑む。

「詩穂、大好きだ」

嬉しいのと安堵したのとで、詩穂の目から涙がこぼれた。

「私も大好き」

蓮斗が詩穂の両手を壁に押しつけて、彼女の目尻にチュッと口づけた。そうして壁に頭を押し当てる。

「あー、ダメだ」

蓮斗がため息交じりにつぶやいた。

「どうしたの？」

詩穂はすぐ横にある蓮斗の顔を見た。彼は悩ましげな表情で詩穂をチラリと見る。

「俺、もう自分を止められない」

蓮斗は低い声で言ったかと思うと、詩穂の唇をキスで塞いだ。襲いかかるような激しいキスに詩穂の心臓が大きく跳ねる。

「れ、蓮斗」

名前を呼んだ唇を割って彼の舌が侵入し、口内を蹂躙《じゅうりん》する。想いをぶつけるような激しい口づけ。重ねられた熱い肌。なにより彼が同じ想いだったことが嬉しくて、詩穂は身も心も彼に奪われていくのだった——。


結局、シャワーを浴び終えたあとには、出勤するギリギリの時間になっていた。

「俺はいったん帰宅して、車で出社するよ」

「朝食は？」

「車の中で食う」

蓮斗がシャツのボタンを留めながらニッと笑って、バスタオルを体に巻きつけた詩穂に軽くキスをした。

「あー、もう、今日はなんで火曜日なんだろうなぁ」

「仕方ないでしょ。昨日は月曜日だったんだから」

「当たり前のことを言うなよ」

蓮斗が苦笑した。

「それじゃ、また会社で」

今度は肩にキスを落として、蓮斗は部屋を出ていった。詩穂は大急ぎで服を着る。今日は白のブラウスに黒のパンツ、それにペールブルーのカーディガンを合わせた。そうして必要最低限のメイクをしてコートを羽織り、家を出る。

(蓮斗のせいで朝ご飯、食べ損ねた!)

心の中で文句を言いながらも、顔はにやけていた。もうすぐ十一月になるという肌寒い気温だが、心の中はポカポカしている。

電車に乗って会社最寄りの北浜駅で降り、歩道を急ぐ。腕時計を見ると、就業時刻まであと十五分あった。早足で行けば、会社でなにか食べられるかもしれない。ガラス戸棚にあったカップラーメンは誰かの私物だろうか。わけてもらえないかと考えながら歩いていると、後ろから軽くクラクションを鳴らされた。振り返ったら、ハザードランプを点滅させながら、一台の黒いＳＵＶがすぐ横で路肩に停車した。助手席の窓が下がり、運転席の蓮斗の顔が見える。

「乗れよ」

蓮斗が身を乗り出して助手席のドアを開けた。

「ありがとう」

詩穂は小走りで近づき、助手席に乗り込んだ。車内はゆったりとしていて、ライトグレーの座席と黒のインテリアがシックで高級感がある。

「ほら、朝飯」

蓮斗が後部座席からコンビニのビニール袋を取って、詩穂の膝の上に置いた。中にはサンドイッチとペットボトルの紅茶が入っている。

「わぁ、ありがとう！」

「食べる暇なかっただろうと思ってな」

「うん、ホントだよ。蓮斗が」

何回もするから、と言いかけて、詩穂は言葉を切った。代わりにサンドイッチのパックを取って、赤い顔をしながら「いただきます」とつぶやく。

「俺はまだまだ足りなかったんだけどな」

蓮斗が笑いながらアクセルを踏んだ。

「冗談でしょ」

車の流れに乗って、蓮斗が助手席にチラッと視線を投げた。

「どう思う？」

「知らないっ」

詩穂がぷいっと横を向き、蓮斗はおかしそうに声をあげて笑った。

「もう！　それより蓮斗は朝ご飯食べたの？」

「ここに来るまでにね」

詩穂はサンドイッチを食べ始めた。すぐにオフィスビルが見えてきて、蓮斗の車は地下駐車場へと進む。ソムニウムの専用区画に駐車したとき、詩穂はふたつ目のサンドイッチにかじりついたところだった。急いでもぐもぐしている詩穂に、蓮斗が言う。

「まだ十分あるからゆっくり食べればいい」

詩穂はコクコク頷き、口を動かした。蓮斗が左手を伸ばして、詩穂の右の太ももにそっと手を置く。

「今日、仕事のあとで詩穂の部屋に寄ってもいい？」

詩穂は残り三分の一になったサンドイッチを無言で食べ続ける。時間がないのだ。

「無視か」

蓮斗がつまらなそうに言った。

「はへへるひ」

食べてるし、と言ったつもりだったが、口にものが入っているのでうまくしゃべれない。詩穂がサンドイッチを飲み込んだとき、蓮斗が詩穂の太ももの上の手をゆっくりと滑らせた。

「ひゃ」

「なんでスカートじゃないんだよ」

「か、会社まで走るつもりだったからっ」

「ふーん」

蓮斗は身を乗り出したかと思うと、詩穂の口角をぺろりとなめた。

「な、に」

「卵がついてた」

「えっ」

詩穂が慌てて口元を指先で触るのを見て、蓮斗は意地悪な笑みを浮かべる。

「嘘だよ。キスする口実だ」

「誰かに見られたらどうするのよ！」

詩穂はフロントガラスの向こうに目を走らせた。幸い、遠くで車が止まるブレーキの音がしただけで、近くに人の姿はない。

「今日、仕事のあとで行くからな」

さっきは疑問形だったのに、今度は念押しできた。蓮斗のペースに流されているような気がするが、嫌じゃない。嫌じゃないどころか、くすぐったい気持ちだ。

「うん、いいよ。晩ご飯、なにか作るね」

「やった！　今日はいつもよりがんばれそうだ。それじゃ、仕事に行こう」

蓮斗が言ってドアを開けた。詩穂も助手席から降りる。ビルに入るスチールドアを蓮斗が開けてくれたので、先に入った。地下からエレベーターに乗ったが、すぐに一階で止まった。ほかのオフィスの社員数人とともに、真梨子が乗り込んでくる。

「あら」

詩穂を見つけ、続いて蓮斗を見て、真梨子がにんまりと笑う。

「おはよう、詩穂ちゃん。おはようございます、社長」

「おはようございます」

詩穂と蓮斗が同時に答えた。三十五階に上がるまでの間、真梨子がずっとニヤニヤしていて、詩穂の頬が勝手に熱くなっていく。

「それじゃ、お先に」

三十五階に着くと、蓮斗は先にオフィスに入っていった。あとから降りた詩穂に真梨子が並ぶ。

「詩穂ちゃん」

「な、なんですか」

「マッチングアプリ、教えてあげようか」

「え？」

「ほらほら、昨日、出会いがないって嘆いてたじゃな〜い」

真梨子に意味ありげな視線を向けられ、詩穂はドギマギしながら答える。

「やー、あの〜、マッチングアプリはやっぱりもういいかな〜って……」

「だよね」

即座に真梨子が言い、詩穂は真梨子にからかわれたのだと知る。

「真梨子さん！」

「なぁに？」

「なぁにじゃないですよ、もう」

「お似合いだと思うよ」

真梨子ににっこりされて、詩穂はますます顔を赤らめながら「ありがとうございます」とつぶやいた。


その日、詩穂は仕事を終えて、スーパーに寄った。

(蓮斗ってなにが好きなんだろう)

リクエストを訊いておかなかったことを後悔しつつ、昼休みにネットで検索した〝男性が喜ぶ家庭料理〟というサイトのランキングを参考に、豚の生姜焼きの材料を買った。帰宅して、ラフなカットソーとマキシ丈のキャミワンピースに着替えて、いつもより多めに買った食材をキッチンカウンターに並べる。

「さて、がんばるぞ〜」

腕まくりをして、レシピを参考に豚の生姜焼きを作った。生姜を買ってすり下ろしたのだから、なかなか本格的だ。それに粉ふきいもとキャベツの千切りを添えて、豆腐とワカメの味噌汁《みそしる》を作った。

できあがってローテーブルに並べ、時計を見ると午後八時を回っていた。

「蓮斗、遅いなぁ……」

テレビを見ながら彼の訪問を待っていたが、気づけば九時になっていた。スマホを見たが、メッセージは届いていない。

「遅くなるなら連絡ぐらいしてくれてもいいのに……」

先に食べようかと思ったとき、スマホが鳴り出した。取り上げてみると蓮斗からの電話だ。

「もしもし」

ホッとしたものの、声に若干の不機嫌さが交じった。電話の向こうからは、蓮斗の疲れた声が返ってくる。

『悪い、詩穂。明日、西野《にしの》が企業でアプリのプレゼンをする予定だったんだけど、企業の要望を誤解してさ。今、西野を手伝って、プレゼン資料を必死で作り直してるんだ』

西野というのは二十五歳の開発担当社員のことだ。

「えっ、それは大変……」

そんな事態になっていたとはつゆ知らず、自分の感情だけで不機嫌になってしまったことが恥ずかしい。

『だから、今日は行けそうにないんだ。もうとっくに料理作ってくれてたよなぁ……。

もっと早くに連絡すべきだった。すまない』

「そんなことは気にしないで。それより私に手伝えることは……ない、よね？」

アプリの基本すら曖昧な詩穂に、当然手伝えることはないだろう。申し訳ない気持ちになったとき、蓮斗の声が言う。

『詩穂に会いたい』

「えっ。ほんの数時間前まで一緒の会社にいたよ」

『社員としての詩穂じゃなくて、恋人としての詩穂に会いたいんだ』

ともすれば憎まれ口を叩いてくる蓮斗の声が少し弱っているように聞こえて、詩穂はギュッとスマホを握った。

「もしよかったら……晩ご飯の配達に行くけど。生姜焼きを作ったから、白ご飯と一緒にお弁当箱に詰めて持っていくよ？」

『本当に⁉』

突然大きな声が聞こえてきて、詩穂は耳からスマホを離した。

『嬉しいな』

詩穂はスマホを耳に戻した。

「じゃあ、西野くんの分も持っていくね」

『えー……』

電話の向こうから不満そうな声が返ってきて、詩穂は思わず噴き出した。

「なにが『えー』なの？」

『詩穂の手料理は俺が全部食べたい』

「じゃあ、西野くんにはコンビニでなにか買っていくよ」

『そうしてくれ。じゃあ、詩穂が来るのを待ってる』

「わかった。お仕事がんばってね」

『ありがとう』

通話を終えて、詩穂はキッチンに向かった。女性用の小さな弁当箱しかないため、見た目はよくないが保存用のプラスチックの容器にご飯とおかずを詰めた。それをトートバッグに入れて、コートを羽織り、地下鉄に乗って会社に向かう。

会社の近くのコンビニで西野のためにお茶とおにぎりを買って、三時間ほど前に退社したばかりのオフィスに戻った。自動ドアから中に入ると、廊下はしんとしていて、奥の大部屋から明かりが漏れている。

半透明のガラス扉から覗くと、蓮斗のブースとそこからいくつか離れた西野のブースに人影があった。

詩穂はガラス扉を軽くノックした。

「はい」

西野が振り返って立ち上がり、詩穂を見て不思議そうな顔になる。

「小牧さん、忘れ物ですか？」

「あ、えっと、西野さんが残ってるって社長から聞いて……差し入れを持ってきました。よかったら食べてください」

詩穂はオフィスに入って、コンビニの袋を西野に手渡した。

「うわー、ありがとうございます！　わざわざすみません。事務担当さんってこんなことまでしてくれるんですね～」

西野が感激したように言い、詩穂は目を泳がせた。どうやら西野は詩穂と蓮斗の関係を知らないようだ。

「悪いな、ありがとう」

蓮斗が歩いてきて、詩穂の前に立った。

「うん、あの、お仕事、がんばってください」

詩穂はトートバッグを差し出しながら、普通のビニール袋に入れてくるべきだったと後悔した。案の定、西野が「あれ」と怪訝そうな声をあげ、トートバッグを受け取った蓮斗と詩穂の顔を交互に見る。

「西野、悪いがすぐ戻る」

蓮斗は西野に断って、詩穂を外へと促した。

「ちょっとこっち」

蓮斗が廊下を歩き、会議室のドアを開けた。電気をつけて詩穂に向き直る。

「せっかく料理して待っててくれてたのに、本当にごめん」

「ううん。私のことはいいよ。それより大変だよね。間に合いそうなの？」

「なんとかなることはなる」

詩穂はホッと息を吐いた。

「よかった」

「でも、詩穂と一緒に過ごしたかった」

蓮斗が残念そうに言って、ため息をついた。その表情がひどく疲れて見える。けれど、きっと西野の前に戻れば、またなんでもないような顔をして彼の仕事を手伝うのだろう。

詩穂の前だからこそ、蓮斗の素が出ているのかもしれない。

少しでも彼を元気づけてあげたい。その思いに押されて、詩穂は思い切って蓮斗の腕を掴み、背伸びをして彼の唇に軽くキスをした。

「……っ」

蓮斗が驚いたように目を見張り、その反応に詩穂は真っ赤になった。

「あ、ご、ごめん。元気が出たらいいなって思って……」

「いや。元気になった。ありがとう！」

蓮斗は詩穂をギュッと抱きしめた。しばらくそうしてから、ため息をつく。

「あー、離れがたいな」

「えっ、ダメだよ」

詩穂が顔を上げ、蓮斗は小さく苦笑してゆっくりと体を離した。

「心を鬼にして詩穂を帰すよ。ホントは送っていきたいところだけど……」

「ダメ！　そんなことをしたら私が来た意味がなくなるじゃない！　それに西野くんがかわいそう」

「言うと思った」

蓮斗は詩穂の頭をポンポンとして言う。

「わざわざ来てくれてありがとう。今日の埋め合わせは必ずするから」

「気にしないで」

「それじゃ」

蓮斗は詩穂の頬にチュッとキスをしてドアを開けた。

「気をつけて帰れよ。家に着いたら無事に着いたって連絡して」

「了解です、社長」

詩穂は笑いながら敬礼し、蓮斗に手を振ってオフィスを出た。

部下でもあり、恋人でもあり

　その週の金曜日、詩穂なりに練ったアプリの設計図が昼過ぎに完成した。蓮斗からプログラミングの本を借りて仕組みを勉強し、わからないときは彼に説明してもらった。そうして今の詩穂にできる最善の設計図を描いたつもりだ。

　詩穂はドキドキしながら、ノートを持って蓮斗のブースに向かった。

「須藤社長」

　壁を軽くノックすると、蓮斗がチェアに座ったままくるりと回転して、こちらを向いた。今日の彼は白いワイシャツにチャコールグレーのスーツを着ていて、ボルドーのネクタイがスタイリッシュな印象だ。

「どうした？」

「あの、アプリの設計図ができました」

「見せて」

　蓮斗が手を伸ばし、詩穂はおずおずとノートを渡す。いくら勉強したとはいえ、所詮は付け焼き刃。アプリはもっぱらインストールして使う側だった自分が描いた設計図を、プロの開発者である彼はどう思うだろうか。

（話にならないとか、子どもの落書きとか言われたらどうしよう……）

緊張しながら見ている詩穂の前で、蓮斗がノートを開いた。ページをめくって、詩穂が描いたイラストや記入した説明文をしばらく見て考えていたが、やがて顔を上げて頷いた。

「うん、いいな。こんな感じで作ってみよう」

その言葉に、詩穂はホッとして肩の力を抜いた。

「俺が試作してみるから、できあがったら感想をくれ」

「えっ、社長が作ってくれるんですか？」

「俺じゃ不満か？」

椅子に座ったままの蓮斗に見上げられ、詩穂はドギマギしながら答える。

「いえ、不満とかではなく、何人かで共同開発するものだと思っていたので」

「うちではよっぽどのことがない限り、開発は基本的にひとりでやっている。今回は小牧との共同開発になるわけだけど」

「え、共同開発だなんてとんでもない！　私なんてただの素人ですから！」

「あのな」

蓮斗は小さく息を吐いて続ける。

「小牧は〝ただの素人〟のつもりで仕事をしたのか？」

蓮斗の口調に厳しさが交じり、詩穂は背筋を伸ばした。

「いいえ、違います」

「俺も小牧がそんなつもりで仕事をするとは思っていないから、任せたんだ。小牧も納得して描き上げたものなんだろう？」

「はい」

「だったら自分を卑下するな。自分の仕事に責任を持つだけじゃなく、自信も持て」

蓮斗の言葉に目が覚める思いがした。起業に失敗して、一緒に起業してくれた友達に迷惑をかけた。それからずっと、自分は役に立たない人間なのだと思っていた。そんな卑屈な考えに自分の思考が蝕まれていたことに気づく。

「はい、すみませんでした」

詩穂はペコリとお辞儀をした。顔を上げると、目の前の蓮斗は複雑そうな表情をしている。

「あの、なにか？」

「……いや。以前作った類似のアプリを叩き台にすれば、一ヵ月以内にはリリースにこぎつけられると思う。またなにかいいアイデアがあったら、いつでも提案してくれ」

「はい！」

詩穂は一礼して、蓮斗のブースを出た。デスクに向かおうとしたとき、西野が彼のブースから顔を覗かせた。

「小牧さん……大丈夫ですか？」

西野に心配そうに声をかけられ、詩穂は彼の前で足を止めた。

「なにがですか？」

「社長の……大きな声が聞こえましたが」

詩穂は恥ずかしくなって照れ笑いを浮かべた。

「あら、聞こえてましたか。叱られちゃいました」

「でも、小牧さんは社長の……なんでしょう？」

その言葉を聞いて、詩穂はなるほど、と思った。西野は蓮斗が恋人の詩穂に厳しいことを言ったのを心配してくれているのだ。

「今は仕事中ですから。それに、とても的を射た指摘だったのでありがたかったです」

詩穂がにっこり笑うと、西野は数回瞬きをした。

「小牧さんが……大丈夫なら、いいんです。余計なことを言いました。失礼します」

そう言って小さく会釈をし、西野はブースの中に戻った。

仕事中なのだから、蓮斗に「小牧」と呼ばれても気にならない。むしろ彼にもらった言葉に、また自分の心が救われた。彼の起業が成功して、彼の会社が成長を続けている。彼のそばにいればいるほど、その理由が見えてくる。


その日は六時半に仕事を終えて、ひとりでオフィスを出た。エレベーターを待ちながら、バッグからスマホを取り出す。蓮斗に会えるかどうか訊くためメッセージを打とうとしたとき、エレベーターの扉が開いた。乗り込んで閉ボタンを押し、扉が閉まりかけた瞬間、誰かが走ってくる足音がした。

乗りたいのだろうと思って、詩穂は開ボタンを押す。再び開いた扉の向こうに蓮斗の姿があり、詩穂は目を丸くした。

「蓮……社長」

「ちょっと」

蓮斗に手招きされ、詩穂は乗っていたほかの人に「すみません、降ります」と声をかけて、エレベーターを降りた。詩穂の背後で扉が閉まる。

「なにかありましたか？」

トラブルでもあったのだろうかと心配して蓮斗を見ると、彼はなにか迷っている様子で遠くを見ながら、右手で後頭部を軽く撫でた。

「社長？」

詩穂が呼びかけ、蓮斗は彼女の方を見た。そうして一度唇を湿らせて、口を開く。

「ごめん」

「え？　なにがです？」

「昼間……きついことを言った。西野に心配されるような言い方をして悪かった」

詩穂は目を見開いた。

「とんでもない！　あの言葉に……過去を引きずっていた心が救われました。いつまでも過去の失敗にとらわれてちゃいけないんだって目が覚めて……感謝してるんです」

「ホントに？」

「もちろん！」

詩穂の返事を聞いて、蓮斗が安堵したように肩の力を抜いた。そうしてぶつっと言う。

「うん、そうだよな。詩穂が公私混同して怒ったりするはずはないと思ってたんだ。ったく、西野のやつが詩穂に声をかけるから……余計な心配をしてしまった」

西野が詩穂のことを心配してくれたのが、気になっていたらしい。それを知って、詩穂の顔から自然と笑みがこぼれた。

「ほかにご用はありますか？」

詩穂の問いかけに、蓮斗が「ああ、そうだ」とポケットに手を入れて、車のキーを取り出した。

「これ、車の鍵。あと少しで帰れそうだから、中で待っててくれないか？　今日は俺の部屋で一緒に過ごそう」

最後は声を潜めて蓮斗が言った。蓮斗と一緒にいられるとわかって、詩穂は嬉しくなりながら受け取る。

「わかりました。待ってます」

蓮斗は一度頷き、右手を軽く挙げてオフィスの中に戻っていった。

蓮斗の車の中で待つこと十五分。駐車場のスチールドアが開いて、蓮斗が入ってくるのが見えた。彼は急ぎ足で車に近づく。

「待たせてごめん」

運転席のドアを開けて彼が言った。

「待つのはいいけど……仕事はもういいの？」

「ああ。優秀な事務アシスタントさんがいるから、仕事がはかどるんだ」

蓮斗が言いながら運転席に座った。

「そ、そうかな。そう言ってもらえると嬉しいけど」

詩穂は照れながらシートベルトを締めた。

「晩飯だけど、今から料理をするのは面倒だろ？　どこかに食べに行く？」

蓮斗がシートベルトを引き出しながら言った。

「それもいいけど、今日は金曜日だし、デパ地下でお惣菜《そうざい》やワインを買うのはどうかな？」

「うち飲みか。いいな」

「じゃ、決定」

蓮斗が車をスタートさせた。地下駐車場から出て、大通りを南下する。途中でデパートに寄って、ふたりで地下の食品売り場に向かった。夕食の時間は過ぎているが、まだ人が多く、詩穂と蓮斗は人の間を縫うようにしてショーケースを見て回る。

「お、このロールキャベツ、うまそうだな。ボリュームもあるし、どう？」

蓮斗が有名な惣菜店のショーケースを差して言った。

「あ、いいね！　私、その隣のホタテとエビのマリネも食べたいな～」

「じゃあ、この店のをいくつか適当に買って帰るか」

ふたりで相談しながら分量を決めて、惣菜を買った。その足でワイン売り場に向かい、たくさんのボトルが並んだ棚を見ながら吟味する。

「詩穂は赤と白、どっちがいい？」

「うーん、ロールキャベツとローストビーフがあるから、赤がいいかな？」

「それじゃ、ミディアムくらいが飲みやすいし、料理にも合いそうだな」

蓮斗はいくつかワインのラベルを覗き込んでいたが、そのうちの一本を選んだ。そうして一緒に会計を済ませて、駐車場に向かう。ほんの数十分の買い物だったけど、ふたりであれこれ考えながら選ぶのは、とても楽しかった。

（蓮斗も同じ気持ちだといいな）

そう思いながら彼を見ると、蓮斗はデパートの紙袋を右手に持って、左手で詩穂の手を取った。

「こういうのも楽しくていいな」

指先を絡め、蓮斗が詩穂の手を持ち上げて、指に軽くキスをした。

「以心伝心だね」

詩穂は頬を緩めた。

「え？」

「私も同じことを思ったの」

ふたりで顔を見合わせると、自然に笑みが浮かんだ。

それから、車で彼の家に向かった。蓮斗が暮らすマンションは、川沿いの静かな地域にある。少し前にもタワー型高層マンションが建設された人気のエリアで、蓮斗はその一角にあるマンションの駐車場に車を入れた。モノトーンの概観がスタイリッシュだ。車を降りて、詩穂はマンションを見上げる。

「何階建て？」

「二十階」

「蓮斗の部屋は何階なの？」

「最上階」

「わー、いいなぁ」

集合玄関は当然オートロックになっていて、蓮斗が鍵でロックを解除した。白いフロアはピカピカで、ガラス張りの壁を通じて外の景色が見える。エレベーターで二十階に上がって、蓮斗は詩穂を角部屋の二〇〇一号室に案内し、ドアを開けた。

「どうぞ」

「お邪魔します」

詩穂はドキドキしながら玄関に足を踏み入れた。あとから入った蓮斗が鍵をかけたかと思うと、後ろから詩穂をふわりと抱く。

「し～ほ」

左頬に触れた蓮斗の手が、詩穂を右側へと向かせて、肩越しに口づけられる。

「詩穂とこうして一緒にいられて、本当に幸せだ」

「私もだよ」

そう答えた詩穂の首から胸元へと、蓮斗の手がゆっくりと下りていく。

「え、ちょっと、ここ玄関……」

「ん～、そうだったかな」

蓮斗は気のない声で言って、キスを繰り返す。このままでは廊下に押し倒されてしまいそうだ。

詩穂は蓮斗のコートの腕をギュッと掴んだ。

「待って」

「なに？」

「料理がダメになっちゃうかも……」

月曜日は買って帰ったアイスパフェが溶けて残念なことになってしまった。

「保冷剤も入ってるし、少しくらい大丈夫だ」

すぐそばで詩穂を見つめる蓮斗の瞳は、熱を帯びて潤んでいて、ドキッとするような色気がある。そんな目で見つめられて、正気を保てるはずがない。

「蓮斗……」

詩穂はとろりと目を閉じた。

思う存分キスを交わして、ほてった顔のまま互いの額を合わせた。

「どうする……？」

そう問う蓮斗の瞳は欲望を宿して艶めいていた。

「ど、どうするって？」

「詩穂は先に晩飯を食べる方がいい？」

蓮斗の指先が詩穂のうなじをくすぐるように触るので、詩穂はもどかしい思いで息を吐いた。

「まだそんなにお腹は空いてない……かな」

「だったら、晩飯はもう少しあとでもいいな」

そのひと言で、荷物を玄関に置いたまま、ベッドルームに向かうことになった。

翌朝、目を覚ましたときには部屋はすっかり明るくなっていた。目の前に蓮斗の裸の胸があって、規則的に上下している。視線を少し上げたら、彼の穏やかな寝顔があった。

昨日は結局、九時を回ってから夕食をとった。さすがにデパ地下の惣菜だけあっておいしく、ワインも飲みやすかった。そのあと一緒にシャワーを浴びてベッドに入ったのだが、蓮斗がすぐに寝かせてくれるわけもなく……。おそらく寝たのは日付が変わってからだろう。

(今何時かな)

しっかり眠れた気がするので、もう昼に近い時刻かもしれない。目だけ動かして掛け時計か置き時計を探したが、見える範囲にはなかった。ベッドから降りてスマホで見るしかない。

蓮斗を起こさないよう慎重に体を半回転させた瞬間、後ろから彼に抱きしめられた。

「きゃあっ」

突然のことに驚いて思わず悲鳴をあげたら、耳元でクスクスと笑う声がする。

「驚いた？」

「寝てると思ってたから！」

「さっきまで詩穂の寝顔を堪能してた。詩穂が目を覚ましたから、どうするのかなと思って寝たふりしてたんだ。おはようのキスを期待してたのに、まさか俺から逃げようとするなんてね」

「逃げようとなんかしてないよ！　時間を見ようとしただけで」

「ふぅん」

おもしろくなさそうな声が聞こえて、詩穂はくるりと体の向きを戻した。蓮斗が期待するような眼差しで見るので、詩穂は首を伸ばして彼の唇に軽く口づけた。

「……おはよう」

「おはよう」

蓮斗がにっこり笑った。

「で、起きるの？」

「まだ詩穂を離したくない」

蓮斗にギュウッと抱きしめられ、こうして彼の腕の中にいるだけで、満たされた気持ちになれる。

（ずっと……そばにいられたらいいのに）

けれど、まだ付き合って一週間も経っていないのだ。重い女だと思われたくなくて、その気持ちは胸に留めておく。

蓮斗の手が詩穂の背中をゆっくりと上下する。

「詩穂」

「なぁに？」

詩穂は顔を上げて蓮斗を見た。蓮斗は淡い笑みを浮かべながら詩穂を見ている。

「幸せだな」

「私もだよ」

詩穂は蓮斗の胸に頬をすり寄せた。

「なぁ」

背中を撫でていた蓮斗の手が止まる。

「なぁに？」

「……一緒に暮らさないか？」

詩穂の胸がトクンと音をたてた。嬉しくて顔がほころんでいく。

「詩穂？」

蓮斗の手が詩穂の腰の辺りをくすぐり、詩穂は思わず背中を反らした。

「ひゃあっ」

「返事は？」

蓮斗が詩穂の顔を覗き込んだ。目にほんの少し不安をにじませている。その表情がたまらなく愛おしい。

詩穂は口元に笑みを浮かべながら答える。

「もちろんイエスだよ」

蓮斗がふーっと息を吐き出した。

「返事がないから迷ってるのかと不安になったよ」

「ずっとそばにいたいと思ってたから、嬉しくて……ちょっと浸ってた」

蓮斗が詩穂の体をギュッと抱きしめた。

「……無自覚に焦らすのはやめてくれ。詩穂のことになると、俺は余裕がなくなるんだから」

蓮斗にそこまで想われているなんて……幸せすぎる。

詩穂は右手で蓮斗の頬に触れ、首を伸ばして、想いを込めて彼にキスをした。その瞬間、蓮斗が目を見開く。

「今ので俺の自制心が完全に吹っ飛んだ」

「えーっ！」

　蓮斗が詩穂の両手をシーツに押しつけ、彼女に覆い被さる。

「大丈夫、今日は土曜日だ。一日は長い」

　軽く触れた唇が、すぐに熱いキスへと変わる。ベッドで過ごす時間が一番長くなりそうなのは、間違いない。


　その翌週の土曜日、詩穂はさしあたり必要な着替えや化粧品、お気に入りの本やCDなどをスーツケースに詰めて、蓮斗の部屋にやってきた。今住んでいるマンションは十一月末に退去することになり、それまでに業者に引っ越しを依頼するつもりだ。

「お世話になります」

　詩穂は玄関に入るなり、改まってお辞儀をした。顔を上げた瞬間、蓮斗に抱きしめられる。

「こちらこそよろしく」

　詩穂の唇に蓮斗の唇が重なり、やがてキスが深くなる。

　詩穂は蓮斗の胸を両手で押した。

「荷解きさせて」

「……うーん」

悩んでいるような声を出しながらも、蓮斗はキスをやめない。このままでは理性を溶かされ、ベッドに連れていかれそうだ。

詩穂は上体を反らして、どうにか言葉を発する。

「れん……と！」

蓮斗はため息をついて、詩穂の額に彼の額を軽く当てた。

「……じゃあ、さっさと終わらせてもらわないと。詩穂はこっちの部屋を使うといい」

蓮斗の部屋は南東の角部屋で、２ＬＤＫの間取りだ。その東側の部屋に詩穂を案内した。

そこは六畳ほどの洋室で、部屋の片隅にはパソコンデスクのほかに、複合機が乗ったラックがあり、何冊かパソコン関係の本が置かれていた。

「仕事部屋のつもりだったけど、ほとんど使ってないんだ」

「あ、真梨子さんが会社に寝泊まりしてるって言ってた」

「そうしょっちゅうはやってないよ」

蓮斗は苦笑する。

「半分、詩穂のスペースにするといいよ。もし個室が欲しければ譲る」

「ううん、半分でいいよ。私が使っていたパソコンデスクを置いてもいいかな？」

「もちろん。ラックを真ん中に移動させれば仕切りになるし、詩穂も複合機を使いやすくなるな」

「そうしてもらえたら嬉しい」

蓮斗がスーツケースを部屋に運び込んだ。

「それじゃ、荷解きが終わりそうになったら知らせて。紅茶の用意をしておくから」

「あ、私、茶葉を置いてきちゃった」

「大丈夫。詩穂のためにいくつか買っておいたんだ」

「えー、嬉しいな。ありがとう」

蓮斗が部屋を出ていき、詩穂はスーツケースのロックを解除して、さっそく荷物を取り出した。


そうして蓮斗との同棲生活が始まって、二週間近くが経った。会社では社長と部下という姿勢を貫いているが、一部の社員——真梨子や西野、とりわけ啓一——から思わせぶりな視線をときどき投げかけられる。

今日も録音した議事録の文字起こしを頼みに来た啓一に、ニヤニヤされた。

「いやー、ホントよかった。大学時代の蓮斗を知っているだけに、感無量だよ」

通りかかった営業担当の男性が足を止めた。

「どうかしたんですか？」

男性に訊かれ、啓一が「なぁ？」と詩穂に話を振る。詩穂は赤くなるまいと必死に耐えながら、なんの話かわかりません、というふうにパソコンのキーボードを叩き続ける。

「ま、キミにもそのうちわかるよ」

啓一は余計なひと言を言って営業社員の肩を叩き、詩穂のデスクの上にＵＳＢメモリを置いた。

「それじゃ、よろしく」

「はい」

アットホームな会社だけに、詩穂と蓮斗の関係が全社員に知られるのも時間の問題だろう。弘哉のときにはなかったことだ。

もし別れたりしたらどうするんだろう。

そんなことをふと考えてしまい、詩穂は首を左右に振った。

縁起でもないことは考えない方がいい。

再び手を動かし始めたとき、パソコンのタスクバーに社内メールの受信を知らせるマークが点滅した。クリックして開くと、蓮斗からのメッセージだ。

【至急、第二会議室に来てほしい】

いったいなんだろうと思いながら、詩穂は椅子から立った。ブースから出てきた蓮斗が、人差し指で外を示す。しかも無表情で。そんな彼の様子は、今まで見たことがない。

（いったいなに？）

なんとなく不安になりながら、詩穂は彼に続いてオフィスを出て、第二会議室に入った。詩穂はドアを閉めて、蓮斗の背中に声をかける。

「社長、なんでしょう？」

直後、蓮斗が振り返った。今度は満面の笑みを浮かべていて、詩穂は面食らった。

「詩穂！　やったぞ！　アプリの審査が通った！　明日の土曜日にリリースされる！」

「ホントですか？」

詩穂が設計して蓮斗が開発したハイブリッドアプリ、〝ハンドメイド・コネクション〟が三日前にできあがった。それを数人の社員が社用のスマホにインストールして動作を確認したあと、ストアの親会社に審査を申請していたのだ。

「やったな！」

蓮斗が詩穂を抱き上げて、その場で一回転した。

「嬉しい！」

思わず蓮斗の首に両手を回して抱きついてしまい、ハッと我に返る。今は勤務中で、ここは会社の会議室だ。

「社長、公私混同です」

「しまった」

そう言いながらも、蓮斗はたいしてしまったとは思っていない表情だ。

「プロモーションを続けて、認知度を高めていかないといけないな」

蓮斗は詩穂を降ろした。

「リリースしてそれで終わりってわけではないんですね」

「ああ。まずはウェブサイトを開設して、検索エンジン経由で集客を狙おう。関連アプリに広告を出すのも有効だ。そうしてユーザーを獲得して、顧客からフィードバックを得ながら、継続的にアップデートをするんだ。そして、少しでも使いやすいように改善していく。そうやって詩穂のアプリをこれからも盛り立てていくんだ」

「じゃあ、私も日頃からアプリを使うようにしないといけませんね」

「無理して出品する必要はないが、改善点を見つけたら教えてくれ。そうして〝ハンドメイド・コネクション〟を大切に育てていこう」

大切に育てる。その言葉に胸がじぃんとなった。今度こそ、蒔いた種を大きく育てて、成果を実らせたい。その気持ちを新たに、詩穂はしっかりと頷いた。

今を蝕む過去の因縁

クリスマスのイルミネーションが街を華やかに彩る十二月上旬の金曜日。詩穂は足取りも軽く帰路についていた。もちろん帰る先は蓮斗と暮らしているマンションである。引っ越しは先月末の土曜日に済ませていた。

(今日はなにを作ろうかな～)

スーパーでメニューを考えながら食材をあれこれと見る。自分しか食べないときは、手抜き料理や買ってきた惣菜で済ませることが多かったが、好きな人のために作るのだと思うと、気合いが入る。仕事の疲れすら感じない。

蓮斗と一緒に暮らし始めたとき、早く帰った方が食事を作り、作らなかった方が片づけを担当する、という役割分担が決まった。とはいえ、詩穂の方が先に帰宅することが多く、もっぱら詩穂が料理担当になっている。

今日はグラタンとスープ、サラダを作ることにして、材料を買って帰宅した。合い鍵でオートロックを解除し、二十階に向かう。共用廊下からふと外を見ると、対岸にある高層マンションで、バルコニーにイルミネーションを施している部屋がいくつかあった。

（そろそろクリスマスプレゼントを買いに行った方がいいよね～）

クリスマスを蓮斗とふたりきりで過ごす。その楽しい想像に胸を膨らませながら、部屋に入った。蓮斗が帰ってきたときに熱々のグラタンが食べられるよう、【会社を出るときにメッセージをください】と彼のスマホに送った。手を洗って部屋着に着替え、エプロンを着ける。

鶏肉とブロッコリーのマカロニグラタンを、あとは焼けばいい状態にまで仕上げ、ベーコンと野菜のコンソメスープ、レタスとトマトとキュウリのサラダを作った。あとは蓮斗からのメッセージを待つのみだ。

時刻を見たら針は八時を指していた。スマホにはメッセージが届いておらず、蓮斗が気づいていないのかと思ったが、既読にはなっていた。ということはまだ仕事中なのだろう。

詩穂はリビングのソファに座ってテレビをつけた。手持ちぶさたにチャンネルを変えて、旅番組に落ち着く。ぼんやり見ているうちに眠気に襲われ、ソファの上で体を丸めた。

大きな笑い声がした気がして、詩穂はふと目を開けた。

旅番組はいつの間にかお笑いのコンテストに変わっていた。舞台の上のお笑い芸人の動作を見て、どっと客席が沸く。

詩穂は目をこすって壁の時計を見た。時刻は十時を回っている。スマホを確認したが、メッセージも電話の着信もなかった。

以前は会社に泊まることもあった蓮斗だが、詩穂と暮らし始めてからは必ず帰宅している。それに、九時を回るときは先に食べるようメッセージを送ってくれるのだ。

なにか会社でトラブルでもあったのだろうか。心配になったが、必死で仕事をしているかもしれないのに、まだ帰ってこないの、などとメッセージを送るのは気が引ける。お腹と背中がくっつきそうだが、もう少し蓮斗を待ってみよう。

詩穂はテレビを消して、バスルームに向かった。

シャワーを浴びてパジャマに着替え、スマホを見たが、相変わらず彼からはメッセージも着信もない。詩穂はソファに座って膝を抱えた。じっとしていると、得体の知れない不安のようなものが湧き上がってくる。

(蓮斗、遅いなぁ……。まさか事故か事件にでも巻き込まれたんじゃ……?)

不安が募って悪い想像をしてしまい、慌てて首を左右に振った。念のためメッセージを送ろうとスマホを取り上げたとき、明るい電子音がしてメッセージが届いた。

蓮斗からだ、とホッとしたのも束の間、メッセージの送信者は真梨子だった。

【こんばんは。遅い時間にごめんね。あの、社長はもう帰宅してるかな?】

詩穂はすぐに返信を打つ。

【まだなんです。どうかされましたか?】

蓮斗に用事でもあるのかと訊いたのだが、メッセージは既読になったものの、真梨子から返信はない。

少し待っても返信がないので、またメッセージを打ち込む。

【実は……いつもより遅いので、なにかトラブルでもあったのかなと心配しているんです】

数分してようやく返事があった。

【さっきまで主人と食事をしてたんだけど、お店から出たとき、社長っぽい人を見かけたんだ。人違いかなと思ったんだけど】

それはどういう意味なのだろうか。詩穂は首を傾げながら文字を打つ。

【もう会社にいないということなんでしょうか。食べて帰るとは聞いてないんですが】

【私、酔ってたから、たぶん見間違えたんだと思う。遅い時間に変なメッセージを送ってごめんね。忘れて】

それっきりメッセージは送られてこない。

詩穂は、今度は蓮斗にメッセージを送る。

【先にご飯食べます。ごめんね】

しばらく待ったが既読にならない。グラタンを焼き、落ち着かない気持ちのまま、スープとサラダだけ食べた。歯磨きをしてベッドに入ろうかと思ったけれど、やっぱり蓮斗を待っていたい。

詩穂はソファに座ってテレビをつけた。どの番組も集中して見ることができず、結局お笑いコンテストに戻した。

最後の参加者が紹介されたとき、カチッと玄関の鍵が開く音が響いた。それから慎重にドアを開けるかすかな音がする。

(蓮斗が帰ってきた!)

詩穂はパッと立ち上がり、廊下に出た。玄関のセンサーライトが点灯して、蓮斗の姿が浮かび上がる。

「おかえり、蓮斗」

「……ただいま」

蓮斗がコートを脱ぎ、襟元に指を入れてネクタイを緩めながら、廊下に上がった。

いつものような覇気がなく、ひどく疲れているように見える。

「今日はグラタンを作ってたんだけど……こんな時間にグラタンは食べられないよね？」

「せっかく作ってくれてたのに……連絡せずに遅くなってごめん」

「ううん。会社でなにかあったの？」

「そういうわけじゃないんだ」

詩穂は彼に近づいて、おかえりのキスをした。ほんの少し赤ワインの香りがして、あれ、と思う。

飲んできたの？　ひとりで？

思わずそう尋ねそうになって、ぐっと言葉をのみ込んだ。

普段の彼とは明らかに様子が違う。

会社で……詩穂にはどうしようもない、あるいは言ってもわからない難しい事態が起こったのかもしれない。その対策に奔走して疲れたから、バーで一杯飲んで帰ってきたのかもしれない。それなのに、詩穂が問い詰めるようなマネをしたら……蓮斗だって嫌だろう。

だけど、せめて愚痴くらいは聞いてあげたい。

「お疲れさま。もし寝る前に一杯飲みたいなら、付き合うよ？」

詩穂の問いかけに、蓮斗はかすかに微笑んで答える。

「ありがとう。でも、大丈夫。詩穂は先に休んでて」

とても大丈夫そうには見えないが、蓮斗はひとりになりたいのかもしれない。

「……わかった」

詩穂は唇を引き結んだ。

（なにも話してくれないんだ……。蓮斗が私を助けてくれたように、私だって蓮斗の力になりたいのに……。私じゃ役に立てないの？）

詩穂は胸がモヤッとするのを感じながら、ベッドルームに向かった。


翌朝目を覚ましたとき、蓮斗は詩穂の隣で眠っていた。さすがにひと晩寝れば、顔色はずっとよくなっていた。

もう少し寝かせておいてあげようと、詩穂はそっとベッドから降りた。リビングで時計を見ると、もう八時だ。

会社がある日よりも二時間近く遅く起きてしまった。けれど、土曜日の朝だから、ゆっくり食べられる。

フレンチトーストを作ることにして、食パンを食べやすい大きさにカットした。それを卵と牛乳、バニラエッセンスを混ぜた液に浸す。バターをたっぷり溶かしたフライパンにパンを入れて、表面に砂糖を振る。そうするとひっくり返したときに表面がキャラメリゼされたみたいになって、おいしいのだ。逆の面にも砂糖を振り、最後に上下を返してもう一度焼けば、両面カリカリのフレンチトーストになる。それを皿に盛りつけ、コーヒーメーカーをセットして、蓮斗を起こしに向かった。

「れ～んと、おはよう」

ベッドに膝を乗せて、蓮斗の額にキスをした。

「……おはよう」

蓮斗がゆっくりと目を開けた。なんとも色気のある気だるげな表情に、詩穂は口元に笑みを浮かべる。

「もう少し寝てたかった？」

「いや、いい」

蓮斗はベッドに起き上がり、左手で詩穂の肩を抱いて彼の方に引き寄せた。そうして髪にチュッとキスをして手を離す。

「朝ご飯できてるよ。フレンチトーストを作ったんだ」

「ありがとう。顔を洗って歯磨きしたら、そっちに行くから」

蓮斗がベッドから降りて、髪をくしゃくしゃと掻き乱しながら部屋を出ていく。その後ろ姿が眠たそうだ。

サイドボードの上で、蓮斗のスマホの通知ライトが点滅しているのが視界に入った。

「蓮斗、メールが来てるみたいだよ」

詩穂は言いながらキッチンに戻った。今日は詩穂もコーヒーを飲むことにして、それぞれのマグカップにコーヒーを注ぐ。

「お待たせ」

蓮斗がさっぱりした顔でリビングに入ってきた。

「あ、やっと目が覚めたって顔してる」

詩穂がクスッと笑い、蓮斗はバツが悪そうな表情になる。

「昨日は連絡せずに遅くなってごめん」

昨日の話を持ち出され、詩穂は胸が再びモヤモヤとした。けれど、それを顔に出すまいと笑顔を作る。

「冷めないうちに食べよ」

「ああ、ありがとう」

キッチンカウンターに並んで座り、「いただきます」と手を合わせた。ナイフとフォークを使ってフレンチトーストをひと口大に切る。口に入れたら、キャラメリゼされた砂糖がしゃりっと舌の上で溶けた。

(上手にできた)

蓮斗を見たら、彼は数回瞬きをして詩穂を見た。

「俺が食べたことのないフレンチトーストだ」

「結構いけるでしょ?」

「ああ。クイニーアマンのような食感だな」

「表面に砂糖を振って、たっぷり溶かしたバターで焼いたの。実は偶然の産物なんだよね~。以前、卵液に砂糖を入れ忘れたことに気づいて、表面に振ったらいいかと思って振って焼いたら、こんなふうにカリカリになっておいしくできたんだ」

「なるほど、怪我の功名ってやつだな?」

蓮斗が笑みを浮かべた。彼が気に入った様子なので、詩穂は嬉しくなる。

「今日はどうしようか? 昨日は遅かったし、家でゆっくりする?」

もし蓮斗がそうしたいと言えば、詩穂だけ買い物に行こうと考えた。そろそろ蓮斗へのクリスマスプレゼント選びに本腰を入れなければ。

蓮斗はコーヒーを飲んで答える。

「そうだなぁ……。家でのんびり過ごすのもいいし……」

「あ、じゃあ、私、午前中にちょっと買い物に行くね」

「わかった。昼飯はどうする？」

「食材を買ってくるから、家で食べようか？」

蓮斗は顎に手を当てて、少し考える仕草をした。

「詩穂は買い物に行くんだろ？　久しぶりにゆっくりひとりで過ごす時間だし、誰かと一緒にランチでも食べてきたら？」

蓮斗に言われて、詩穂は考え込む。

今日いきなりランチに誘って応じてくれそうな友達は思いつかない。けれど、蓮斗へのプレゼントを絞り切れていない今、じっくり選べる時間がある方が好都合だ。

「じゃあ……そうさせてもらおうかな」

「俺のことは気にしないで、楽しんでおいで」

「わかった」

「何時ぐらいに出る？」

「十時半くらいが目標」

蓮斗は「そうか」とつぶやき、フレンチトーストを口に運んだ。

朝食を食べたあと、詩穂は出かける用意をして声をかける。

「いってきます」

「いってらっしゃい」

蓮斗に見送られて部屋を出ると、なんだか変な感じだった。考えてみれば、彼と同棲し始めてからひとりで出かけたことはない。出社するときも、週末に食材や生活用品を買いに行くのも、いつも一緒だった。

蓮斗と一緒じゃないのは寂しいが、彼へのプレゼントを選ぶのだから、ひとりの方がいい。詩穂は駅に向かいながら、なにを贈ろうかと考え始める。

付き合って初めてのクリスマスだから、ネクタイぐらいが無難だろうか。それとも、仕事で使えるちょっと高価なボールペンとか？　名刺入れは、社長だからきっといいのを持っているだろうし……。

あれこれ頭を悩ませながらも、それが好きな人のためだと思うと楽しい。自然と足取りが軽くなった。だが、駅でパスケースを取り出そうとバッグを開けたとき、スマホを忘れてきたことに気づく。

（充電器に差したままだった……）

改札の時計を見たら、十時半を過ぎたところだった。詩穂はくるりと方向転換して、スマホを取りに戻る。角を曲がってマンションが視界に入ったとき、背の高い男性がエントランスから出てくるのが見えた。

（蓮斗だ！）

彼もどこかに出かけるのだろうか。だったら一緒に行こう。

蓮斗のところに駆け寄ろうとして、ハッと足を止めた。今日はクリスマスプレゼントを選ぶつもりなのだ。彼と一緒だったら、選べなくなってしまう。

プレゼント選びは今日は諦めて、平日、会社帰りにデパートにでも寄ることにしようか……。

詩穂が悩んでいるうちに、蓮斗は駅とは逆方向に歩き始めた。コンビニにでも行くつもりなのだろうかと思ったとき、彼にひとりの女性が近づくのが見えた。黒髪のロングヘアが艶やかで、ベージュのコートを着たスタイルのいい女性だ。蓮斗は彼女に気づいて足を止め、少し話したあと、ふたりで並んで歩き始めた。

（え、なんで？）

たまたま知り合いに会ったのだろうか？　だとしても、タイミングがよすぎる。蓮斗が詩穂に出かける時間を訊いたのは、まさかあの女性と会うため……？　それなのに疑うなんて最低だ。

一緒に暮らし始めて一ヵ月半。彼に疑わしいところなんてなかった。それなのに疑
そう思ったけれど、次々に悪い考えが頭をよぎる。

だって、昨日、蓮斗は帰りが遅かったのだ。しかも詩穂に連絡することなく、ワインを飲んで帰宅している。

誰と、どこで？　まさかあの女性と？

そのとき、真梨子から届いたメッセージの内容を思い出した。真梨子は蓮斗を見かけたと思い、詩穂に蓮斗が家にいるかどうか確認してきたのだ。

わざわざそんなことをするなんて、蓮斗が別の女性と一緒にいるのを目撃したからではないのか……？

考え出すと疑心暗鬼になり、胸にドロドロとした感情が浮かんだ。それが嫉妬なのだとわかって、詩穂は胸を押さえてコートの生地をギュッと握る。

ふと見ると、蓮斗が手を挙げてタクシーを止め、女性を先に乗せるのが見えた。

「蓮斗！」

詩穂は思わず声をあげたが、彼は気づくことなく、タクシーに乗った。バタンと音

がしてドアが閉まり、タクシーが走り出す。

（蓮斗がほかの女性とどこかへ行ってしまった……）

詩穂は唇を噛みしめ、ふらふらと駅に戻り始めた。

ほんの数十分前に抱いていたワクワクした気持ちは消えて、詩穂は重い足取りで改札を通った。やってきた電車に乗って、目的の駅で降りたものの、ショッピングを楽しむ気にはなれない。

大きなカフェに入ってレジでレモンティーを買い、窓に面したカウンター席の隅に着いた。砂糖を入れてかき混ぜ、紅茶をひと口飲む。

「はぁ……」

重いため息をついてカウンターに両腕を置き、顎を乗せた。

こういうときは、いったいどうしたらいいんだろうか。

もしかしたら大学時代の友達で、近くに来たから久しぶりに会おうと彼女から連絡があっただけなのかもしれない。あるいは仕事絡みで会っただけという可能性もある。確かめれば『な～んだ』と思うようなことなのかもしれない。

けれど、彼が女性と出かけるのを見てしまったショックから、結局スマホを置いてきてしまった。連絡を取りたくても取りようがない。

紅茶を飲み終わったが、立ち上がる気力がなく、頬杖をつきながら窓の外を眺める。

街路樹は電飾で鮮やかに飾られ、道行く人はカップルがほとんどで、みんな幸せそうだ。街全体がどこか浮かれたような雰囲気だ。

（私、なにやってるんだろう……）

ひとりでぽつんと座っていると、虚しさだけが募っていく。

やがてランチタイムになって店内が混み始めた。さすがに紅茶一杯でこれ以上粘るのは気が引けて、詩穂は食器を返却して店を出た。

腕時計を見たら、十二時十分だ。

もし帰宅して蓮斗が部屋にいたらどうしよう。あの女性は誰なのかと訊いても構わないだろうか？ そんな不貞を疑うようなことをすれば、蓮斗の心が詩穂から離れてしまわないか。それとも……すでに離れているから、別の女性と出かけたのかもしれない。

なにも訊かなければ、このまま彼との関係を続けられるのだろうか。でも、きっと胸の中がモヤモヤして、彼の前で自然に笑えない気がする。

そんなことを考えて鬱々としながら、詩穂は帰路についた。マンションの最寄り駅で降りたものの、足取りは重い。エントランスに入った瞬間、最悪な想像が頭の中をよぎった。

（もし、部屋に蓮斗とあの女性が一緒にいたら……）

詩穂はオートロックパネルの前で足を止めた。

（終わりだ）

そう思った瞬間、目から涙がこぼれた。とても部屋に入る勇気はない。かといって行く当てもない。

詩穂がうつむいたとき、背後に人の気配がした。

「入らないんですか？」

女性の声だ。

「あ、入ります」

詩穂は涙を見られないようにうつむいたまま、バッグから鍵を出してオートロックを解除した。自動ドアが開き、詩穂に続いて背後の女性も中に入る。エレベーターに乗って体の向きを変えたとき、キャメル色のハイヒールを履いた女性の足が見えた。肌は透けるように白い。

エレベーターはぐんぐん上昇して、ほかの階で止まることなく二十階に着いた。下を向いたまま先に降りて、廊下を進む。後ろからコツコツとハイヒールの音がして、女性も同じ方向に向かっているのだとわかった。けれど、女性の足音はずっとあとをついてくる。詩穂は嫌な予感を覚えて、ひとつ手前の二〇〇二号室の前で足を止めた。女性は詩穂を追い抜いて、二〇〇一号室の前で立ち止まった。そうしてインターホンを鳴らす。

どういうことなのか。

詩穂はゆっくりと視線を女性に向けた。ベージュのコートを着たスリムな女性で、艶やかな黒髪のロングヘアをしている。肌は白くて美しく、目は透き通ったブルー。黒髪だったため外国人だとは思わなかったが、服装や髪型が蓮斗と一緒にいた女性とまったく同じだ。大人っぽく見えるため、年齢はよくわからないが、二十代であることだけは間違いなさそうだ。

目が合って、女性が流暢《りゅうちょう》な日本語で言う。

「こんにちは」

とっさのことに詩穂が返事をできずにいると、女性は不審そうに眉を寄せた。だが、すぐに蓮斗の部屋のドアに向き直って、もう一度インターホンを押した。

蓮斗が出てきて、彼女を笑顔で迎え入れたらどうすればいいのか。

（そんな姿、見たくない！）

逃げ出そうかと思って、ぐっと踏みとどまった。

詩穂はなにも悪いことはしていない。蓮斗がどういう考えであろうと、今、彼の恋人であるのは詩穂なのだ。

詩穂は部屋の鍵を握りしめたまま、大きく息を吸って女性に声をかける。

「あの、うちになにかご用ですか？」

「え？」

女性が怪訝な顔で詩穂を見た。詩穂はゆっくりと二〇〇一号室に近づく。

「その部屋には私も住んでいます。なにかご用でしょうか」

詩穂は震えそうになる声を懸命に抑えながら、女性を見上げた。詩穂よりも十センチ近く背の高い彼女は、スラリとしていてハリウッド女優のように美しい。

「あなたが……蓮斗さんの新しい恋人ですか？」

〝新しい〟という言葉が引っかかった。

この女性は蓮斗の元カノなのだろうか。そういえば、蓮斗から昔の恋人の話を聞いたことはない。

けれど、そんなことは今は問題ではない。

詩穂は胸を張ってきっぱりと答える。

「そうですけど」

「あら、そう」

女性は気のない声で言って、ドアの方を見た。応答がないので、蓮斗は外出中なのだろう。

女性の顔に余裕の笑みが浮かんだ。

「蓮斗さんはまだ戻ってないんですね。私、さっきまで一緒にいたんですけどだからなんなのか。

詩穂は腹立たしいのをこらえて答える。

「お見かけしました」

「あら、じゃあ、私のことはご存知ですよね?」

「すみません、存じ上げません」

「ジェニファー・マクブライトと言います」

彼女が名乗ったので、仕方なく詩穂も名乗る。

「私は……小牧詩穂です」

「小牧さんは蓮斗さんとはどういう関係なんですか?」

「どういうって……一緒に住んでいます」

「それはさっき聞きました。そうではなくて……ビジネス上の関係です」

いったいなにを訊かれているのかわからず、詩穂は眉を寄せながら答える。

「彼の会社で働いています」

「ア・ミア・エンプロイー？」

いきなり英語で訊かれて、詩穂は瞬きをした。

A mere employee――ただの社員。つまり、平社員かと訊かれているのだろう。

「そうですけど」

「まだ働いて短いですよね？」

「一ヵ月半……です」

ジェニファーの口元に笑みが浮かんだ。

「じゃあ、あなたにできるのは彼の足を引っ張ることだけですね」

「はい？」

「私、こういうものです」

ジェニファーがハンドバッグから名刺入れを取り出し、一枚引き抜いて詩穂に差し出した。それには〈Jennifer McBright〉の文字と、〈Executive Vice President and Director〉、つまり取締役副社長という肩書き、そして〈McBright Technologies,

Ltd.〉という社名が印字されていた。

「私と蓮斗さんのお付き合いは、あなたより長いです。私、蓮斗さんに会社の合併の話をするため、日本に来ました。彼の会社と私の父の会社が一緒になれば、もっと大きなことができます。もっと世界に影響力を広げることができます。ミア・エンプロイーのあなたじゃ、できない。できるのはエグゼクティブ・ヴァイス・プレジデントの私です」

ジェニファーにまくし立てられ、詩穂はたじろぎそうになりながらも、できるだけ冷静な声を出す。

「……そういうお話でしたら、直接ソムニウムのオフィスでされたらいいのではないですか？　休日に訪ねてきてするお話ではないと思います」

「昨日、ソムニウムのオフィスを訪ねました」

「えっ」

詩穂の驚いた顔を見て、ジェニファーは思わせぶりに微笑む。

「合併の話を進めるためです。彼とずっと一緒にいました」

詩穂の頬が引きつった。

ということは、昨晩、蓮斗はジェニファーとワインを飲んだのか。

「そういう大切な話、蓮斗さんはあなたにしないのですね。確かにあなたにしても仕方がないでしょう。あなたはただのミア・エンプロイーだから。あなた、ご自分の立場を理解していますね？」

詩穂がなにも言えないでいるうちに、ジェニファーがたたみかける。

「私、蓮斗さんにふさわしい女性になるために、いったん彼のそばを離れて、アメリカで努力してきました。蓮斗さんは、そんな私をずっと待ってくれていたのです。連絡だって取り合ってました」

「そんなの……信じられません」

そう言いながらも、詩穂の中でなにかがぐらつき始めたのがわかった。

「証拠はありますよ。お見せしてもいいですけど、でも、あなたにはきっとショックが大きいでしょうね」

ジェニファーはバッグからチラリとスマホを取り出す仕草をした。

「あなたは私がいない間の代用品だったんです。わかりますか？」

「代用品って……」

（ひどすぎる。あんまりだ）

愕然《がくぜん》とする詩穂に、ジェニファーが髪を掻き上げながら妖艶に微笑んだ。

「私の代用品にしては、趣味が悪すぎると思いますけど」

彼女は詩穂の全身に視線を走らせ、小馬鹿にしたように言った。確かにジェニファーの方がスラリとして背が高いのに、出るところは出ている。平均的日本人体型の詩穂とは比べようがない抜群のスタイルだ。それに女優と言われてもおかしくないくらいの美貌。

詩穂は下唇を噛みしめた。ジェニファーは鼻で笑って言う。

「仕方ないわ。ソムニウムにはほかに独身女性はいなかったでしょうし。それに、彼、私のことを好きだって言ってくれたんです。私なら蓮斗さんを幸せにできます。これからは私と彼とで、ソムニウムを育てていきます。新生ソムニウムにあなたは必要ありません」

ジェニファーの言葉に頭を殴られたようなショックを受けた。クラクラしてまともに思考が働かない。

「小牧さん、中で彼が帰ってくるのを待ちますから、鍵を開けてください」

ジェニファーに言われて、詩穂はぼんやりと彼女を見た。

「さあ、早く」

ジェニファーが詩穂の手から鍵を取ろうとするかのように、右手を伸ばした。詩穂はとっさに一歩あとずさる。

「小牧さん？」

ジェニファーが一歩足を踏み出し、詩穂はパッと身を翻した。そうして全速力で廊下を走る。

「あ、ちょっと！」

ジェニファーの声が追いかけてきたが、無視してエレベーターの開ボタンを押した。幸い二十階に止まったままだったので、乗り込んですぐに閉ボタンを押した。続いて一階ボタンを押し、がくんと動き出したエレベーターの中、詩穂は背中を壁に預ける。

詩穂はジェニファーの代用品。

彼女の言葉が胸に突き刺さって痛い。

蓮斗は『大学時代、詩穂のことが好きだった』と言ってくれたが、それは大学時代の話だ。そのあと、彼はジェニファーと恋に落ち、成長した彼女がアメリカから帰ってくるのを待っていたのだ。

『彼、私のことを好きだって言ってくれたんです。私なら蓮斗さんを幸せにできます。これからは私と彼とで、ソムニウムを育てていきます。新生ソムニウムにあなたは必要ありません』

ジェニファーの声が頭の中でこだまする。

やっぱりなにも持たない自分は、蓮斗にふさわしくないのだ。弘哉には頭取の娘、蓮斗には副社長のジェニファー……。

詩穂の居場所など、どこにもない。

泣きながらエントランスを出たものの、行く当てはなかった。荷物を——せめてスマホを——取りに戻りたいが、部屋の前にはジェニファーがいる。

詩穂は考えもなくトボトボと歩き出した。

そうして彷徨っているうちに、まったく見覚えのない場所に着いた。住宅街のひらけた場所で、パンジーが植わった花壇に囲まれている。どうやら広い公園のようだ。ブランコや滑り台などいくつか遊具があって親子連れの姿が見られ、楽しそうな笑い声が響く。

どこか別世界のように感じながら、詩穂は木陰のベンチに腰を下ろした。膝に両肘をついて顔を覆い、静かに涙を流す。

しばらくそうしていたとき、膝になにかがそっと触れた。驚いて顔を上げると、ピンクのかわいらしいコートを着た一歳半くらいの女の子が、クリクリした目で詩穂を見ながら、膝に掴まっていた。

「あ、こら！　ミウ、ダメでしょ！」

ダウンコートを着た女性が駆け寄ってくる。

「すみません、うちの子が……」

そこまで言って、女性は目を丸くした。

「ええっ、もしかして詩穂？」

詩穂も同じように目を見開く。

「美沙《みさ》……」

その女性は、大学時代、詩穂の起業を手伝って一緒に会社を興してくれた鈴村《すずむら》美沙だった。

「どうしたの、こんなところで……」

美沙が心配そうな表情になり、詩穂は慌てて手の甲で涙を拭った。

「美沙こそ、こんなところでどうしたの？　あ、そうか、お子さんと遊んでたんだね。っていうか、お子さんが生まれてたなんて知らなかった。結婚してたんだね。おめでとう！　お祝いしなくてごめんね」

詩穂は笑顔を作って早口で言った。美沙は詩穂の隣に座り、ミウと呼んだ女の子を抱き上げて膝に乗せた。

「三年前……詩穂に『飲みに行こう』って連絡したの、覚えてる？」

「うん」

「あのとき、私、就職した会社で知り合った男性と結婚することを……詩穂に報告しようと思ってたんだ。詩穂にはきちんと伝えて……お祝いしてほしかったの」

詩穂はただ顔向けできないという気持ちから、そのときの美沙の誘いを断ってしまっていた。

「そうだったんだ……。ごめんね」

そのとき、ひとりの男性が近づいてきた。三十代前半くらいで、髪を短く整えた爽やかな男性だ。

「美沙、お友達？」

「そうなの。智直《ともなお》さん、こちら私の大学時代の親友の小牧詩穂さん。詩穂、うちの主人です」

男性は笑みを浮かべて軽く頭を下げる。

「北川《きたがわ》智直です。妻がお世話になっております。さ、美羽《みう》、パパのところにおいで」

美沙の夫は彼女の膝から女の子を抱き上げて、ブランコの方に連れていった。詩穂と美沙がゆっくり話せるよう、気を遣ってくれたようだ。

美沙は詩穂に体を向けて話し始める。

「亜矢美《あやみ》が『きっと詩穂は私たちに申し訳ないって思ってるんだよ』って言ってたけど、詩穂は起業がうまくいかなかったことを気に病んでるんだよね？」

詩穂は膝の上で両手を握り、黙ったまま頷いた。

「起業のことは本当に残念だったけれど、あのあと……私も亜矢美も就職先を見つけて、ちょっと大げさかもしれないけど、新しい人生を歩み始めたんだ。就職先で今の主人と出会って、かわいい子どもも授かって、私、幸せだよ。詩穂との起業がなければ、主人とも美羽とも出会えなかったかもしれない。今はふたりのいない人生なんて考えられないもの。私、今すごく幸せだから、詩穂はいつまでも罪悪感を持たないでほしい」

美沙の優しい言葉が胸に染み込んで、目にじわじわと熱いものが浮かんできた。

「美沙……ありがとう。ごめんね」

美沙も目を潤ませながら言う。

「もう謝らないで。謝るとしたら、私の方だよ。もう一度詩穂に連絡する勇気がなくて、詩穂を結婚式に招待できなかったんだから」

「そんなことないよ。それは私のせいだから」

美沙は指先で涙を拭って大きく息を吐いた。

「誰のせいとか、そういうのはもう今日でおしまいにしよう。ね？」

美沙に顔を覗き込まれて、詩穂は頷いた。バッグからハンドタオルを出して目に当てたが、涙が止まらない。

「よかったら……話を聞くよ？　昔みたいに話してよ」

美沙が詩穂の肩に自分の肩を軽く当てた。その仕草が親しげで優しくて、詩穂はぽつりぽつりと話し出す。

「私ね……大学を卒業して就職してから……ずっといいことがないと思ってたの」

最初の会社が倒産した話、次に就職した会社で弘哉と出会った話、彼との別れ、蓮斗との再会をかいつまんで話す。

「大学生の頃、須藤くんって詩穂に気があるんじゃないかと思ってたんだ。すぐ意地悪言ったり、からかったりしてきたしね」

美沙が言った。

「え、そうなの？　私はそのたびに嫌なやつって思ってたのに」

「その須藤くんと……付き合い始めたのね？」

「うん」

詩穂は彼と一緒に暮らし始めたこと、そしてさっきの出来事を話した。ジェニファーのことを聞いて、美沙の口調が険しくなる。

「なにそれ、最低！　その女も最悪！　だから、詩穂はここでひとりで泣いてたのね？」

「うん。帰るに帰れなくて……」

美沙が思いやりのこもった顔で詩穂を見た。

「だったら……うちにおいでよ」

「え？」

「しばらくうちに泊まったらいいよ。部屋ならひとつ空いてるから」

「すごく嬉しいけど……やっぱり小さなお子さんもいるし、ご主人にも悪いから、ほかの友達に連絡して泊めてもらうよ」

「遠慮しなくてもいいのに」

美沙が詩穂の両手にそっと自分の手を重ねた。

「ううん。話を聞いてくれて本当に嬉しかった。もう大丈夫。それになにより、美沙と仲直りできてよかった」

「最初からケンカなんてしてなかったよ」

美沙の優しい言葉に、詩穂はまた目頭が熱くなった。

『小牧が勝手に〝顔向けできない〟って思ってるだけだ』

いつだったか蓮斗に言われた言葉が耳に蘇って、その通りだったのだと気づかされた。けれど、そのことをもう蓮斗に報告することはできない。

「じゃあ、そろそろ行くね。美沙、ご主人とお幸せに」

詩穂は名残惜しい気持ちを振り払い、ベンチから立ち上がった。

「え、もう行っちゃうの？」

「ごめんね。泊めてもらう先を探さなくちゃいけないし」

「わかった。でも、困ったことがあったらいつでも連絡してね。携帯番号、変えてないから」

「うん、ありがとう」

公園を見回すと、美沙の夫は美羽を膝に乗せてゆっくりとブランコを漕いでいた。

「それじゃ、ご主人によろしく」

「うん。須藤くんのこと、二、三発ひっぱたいてやってもいいんだからね！」

詩穂は苦笑して、美沙に手を振った。そうして公園を出る。

美沙には心配をかけまいと、『ほかの友達に連絡して泊めてもらう』と言ったが、スマホがない以上、誰にも連絡が取れない。ビジネスホテルか……泊まったことはないけどネットカフェを利用してみようかな……などと考えながら歩く。

そのうち会社のことを考えた。

あんなことがあったからといって、いきなり月曜日から欠勤するのはほかの社員に迷惑をかけることになる。

そもそも、責任のほとんどは、ジェニファーがいない寂しさを埋め合わせるために、詩穂を利用した蓮斗にあるのだ。ひと言文句を言って、美沙に言われた通り、二、三発パンチをお見舞いしてもいいはずだ。それから、退職の話をしよう。

詩穂は決心を固め、いったん蓮斗のマンションに戻ることにした。けれど、闇雲に歩いたせいで、ここがどこなのかわからない。歩き回ってようやく大通りにたどり着き、タクシーを拾った。

絶対に伝えたい想い

マンションに着いて下から見上げたが、二〇〇一号室に明かりがついているのかはわからなかった。ショック、悲しみ、惨めさ……。いろんな気持ちがない交ぜになったまま、エレベーターで二十階に上がった。エレベーターの扉が開き、そうっと共用廊下を覗いたが、ジェニファーの姿はない。

それも当然かもしれない。腕時計の時刻表示はもう六時を回っていたのだから。

詩穂はゆっくりと廊下を進む。

部屋のドアを開けて蓮斗がいたら、なんて言おう。彼はジェニファーと詩穂が会ったことを知っているだろうか？　知っているだろう。ごまかすだろうか？　そもそもジェニファーも部屋にいたらどうすればいいのか。

だけど、ほかに選択肢はないのだ。

詩穂は大きく息を吸った。覚悟を決めて鍵穴に鍵を差し入れ、そうっと回した。カチッと音がして、鍵が開く。そろそろとドアを引いたが、玄関には蓮斗の靴も、キャメル色のハイヒールもなかった。ホッとしてドアを閉めて、室内に上がる。

蓮斗がいないのなら、今のうちに荷造りをして出ていこう。

詩穂はコートを脱いで、ベッドルームのクローゼットからスーツケースを出した。それに入るだけの衣類とメイク用品を詰め込み、リビングへと運ぶ。

忘れていたスマホを取り上げたとき、着信を示すライトが点滅しているのに気づいた。蓮斗から不在着信が二度ある。一度目は十一時十五分、二度目は一時五十分。メッセージがいくつか届いていて、トークの画面を見たら、蓮斗から二通、亜矢美から一通届いている。

蓮斗のメッセージを見るのは怖くて、詩穂は亜矢美からのメッセージを開いた。

【久しぶり。亜矢美です。美沙から連絡をもらって、詩穂が大変だって知りました。もし行くところがなかったら、うちにおいで。兵庫県に引っ越したんだけど、詩穂のところまで車で迎えに行くから】

亜矢美も学生時代と同じように詩穂のことを心配してくれている。そのことに胸を熱くしながら、詩穂は返信を打ち込む。

【心配かけてごめんね。すぐには会社を辞められないし、しばらくはホテル暮らしをするよ。今度こそ本当に再出発する。そのときにはもしかしたら助けてもらうかもしれないから、よろしくお願いします】

詩穂のメッセージにすぐに既読マークがついたかと思うと、亜矢美から電話がかかってきた。

『もしもし、詩穂？　ホントに大丈夫なの？　昔のことを気にしてるんだったら、そんなことはもうぜんぜんいいんだからねっ』

懐かしい亜矢美の声が聞こえてきて、詩穂の緩みっぱなしの涙腺から、また滴が溢れ出す。

「ありがとう、亜矢美。亜矢美は今、どうしてるの？」

『え？　私？　私の話を聞いてて大丈夫なの？』

「うん、今はひとりだから大丈夫」

詩穂は言いながら、蓮斗とシェアしている東向きの部屋に入った。彼の方のスペースを見ないようにしつつ、ラックからお気に入りの小説とCDを抜き出した。

『私は大学を卒業して働きながら、起業セミナーにちょくちょく参加してたの。それで、そこで知り合った人たちと起業したんだ。で、今はその中のひとりと付き合ってて、結婚も考えてるよ』

「そうだったんだ。よかった……」

詩穂はリビングに向かいながら言った。美沙だけでなく、亜矢美までも幸せを手にしていることが嬉しかった。

スピーカーから亜矢美の声が聞こえてくる。

『だからね、詩穂が気に病むほど、あの失敗は私にとって大打撃じゃなかったんだよ』

「そう……かなぁ?」

『そうだよ! あの経験を活かしたからこそ、今の私がいるの。だから、詩穂にも絶対に幸せになってほしいんだ。そんなタラシの最低男とはすっぱり縁を切ってさ。ね?』

「うん。蓮斗とはすっぱり別れる。二、三発殴ってすっきりしてからね」

詩穂は笑いを誘ったつもりだったが、亜矢美は笑わなかった。

『ねえ、本当に迎えに行かなくて大丈夫? いいように丸め込まれたりしない? 詩穂は人がいいから心配だよ』

詩穂はしゃがんでスーツケースにCDと本を詰め、片手でふたをしてファスナーを閉めた。

「大丈夫だよ。亜矢美、そんなに心配しないで。私、意外と強いんだから。蓮斗のことなんてさっさと吹っ切って、すぐに新しい恋を見つけてみせるから!」

本当はそんなに早く気持ちを切り替えられる自信はなかったが、亜矢美を心配させまいとしてそう言った。直後、いきなり背後からギュウッと抱きしめられた。

「きゃあああっ」

驚きのあまり詩穂の手からスマホが落ちた。大きな音がしてスマホがフローリングを滑り、スピーカーから亜矢美の声が漏れ聞こえてくる。

『詩穂⁉ いったいなにがあったの？ ねえ、大丈夫？ 返事をして！』

詩穂が首をねじると、すぐそばに蓮斗の顔があった。

「やだ、なに、離してよっ」

詩穂は蓮斗の腕を解こうと彼の腕を掴んだ。蓮斗はまるで荷物のように詩穂をひょいと担ぎ上げ、スマホを拾って耳に当てる。

「亜矢美さん？ 詩穂の友達の吉村《よしむら》亜矢美さんかな？」

『す、須藤くん⁉ 詩穂になにをしたのよっ⁉ 通報するわよっ』

スマホの向こうの亜矢美の声が大きくて、詩穂の耳にも届いた。

「降ろしてよっ」

詩穂が暴れるので、蓮斗はスマホを肩と頬で挟み、両手で詩穂を抱える。

「通報は待ってくれ。先に詩穂の誤解を解きたいから」

『なにが誤解よ！ 詩穂を丸め込もうったってそうはいかないんだからねっ』

「丸め込んだりしないよ。ただ事実を話すだけだ」

『事実？　ハリウッド女優みたいな美女とよりを戻すってこと？』

「違う。詩穂のことが誰よりも好きで、誰よりも大切だってことを伝えるだけだ」

『はぁ？　なに言ってんの⁉』

亜矢美の大声が聞こえてきて、蓮斗は顔をしかめて答える。

「詩穂に連絡させるから、十五分ほど待ってください」

そう言って蓮斗は通話を終了した。スマホをキッチンカウンターの上に置き、詩穂を肩に担いだまま歩き出した。ベッドルームのドアを開けて、詩穂をベッドに座らせ、立ち上がろうとした詩穂の肩を両手でぐっと押さえる。

「なによ」

詩穂は怒りを込めて蓮斗を見上げた。

「ミズ・マクブライトに会ったんだな？」

蓮斗は強い眼差しで詩穂を見た。

「会った。私は彼女の『代用品』だって言われた」

「彼女、そんなことを言ったのか」

詩穂は蓮斗を睨んだ。

「『代用品にしては、趣味が悪すぎる』とまで言われたんだよ！　悪かったわね！　いくら彼女がアメリカにいて寂しかったからって……ふざけないでよっ。彼女に好きだって言ったんでしょ？　どうぞ彼女をここに呼べば。私、出ていくから。荷造りも済ませたし」

詩穂は立ち上がろうとしたが、肩を押さえる蓮斗の力が強くて無理だった。

「離してよっ」

蓮斗の両手首を掴んだとき、蓮斗が詩穂の方にぐっと体重をかけた。詩穂はバランスを崩してベッドに仰向けに倒れ、蓮斗が彼女に覆い被さる。

「なにす――」

文句を言いかけた唇をキスで塞がれた。手足をバタつかせて抵抗しようとしたが、詩穂の脚を割って蓮斗が膝を入れ、両手首をシーツに縫いつけられた。首を振って彼のキスから逃れようとしたら、彼にギュウッと抱きしめられた。耳元で蓮斗がささやく。

「詩穂、好きだ」

「嘘つき！」

「大好きだ」

「蓮斗なんて大嫌いっ」

「詩穂になんと言われようと、詩穂が好きだ。愛してる」

最後の言葉に不覚にも心臓が跳ねて、詩穂は動きを止めた。蓮斗がそっと詩穂の唇にキスを落とす。

「吉村さんに言った言葉、聞いてただろ？『詩穂のことが誰よりも好きで、誰よりも大切だ』って」

「だ……ったら、あのジェニファー・マクブライトって人は？ 彼女に好きだって言ったんでしょ？ 彼女がそう言ってたもん！」

蓮斗はため息をついた。

「逃げないって約束するなら、ちゃんと説明する。詩穂の疑問にもすべて答える。約束しないなら、このままおまえを抱く。もう絶対に詩穂を手放したくないんだ。俺以外の男と恋をされたら困るんだよ」

蓮斗がニットの下に手を入れ、スカートからキャミソールを引き出して素肌に触れた。そのまま背中を撫で上げるので、怒っているはずなのに腰の辺りが痺れるようにゾクゾクとして、甘い声をあげてしまいそうになる。

詩穂は慌てて首を横に振った。

「に、逃げないっ。約束するっ」

蓮斗は体を離すと、詩穂の手を掴んで引き起こした。そうして、彼女の右側に腰を下ろす。

「前に、インターンの話をしたのは覚えてる？」

「うん。アメリカからの留学生だって言ってた――」

そこまで言って、詩穂は目を見開いた。

「まさか、その人があのマクブライトさん？」

「気づいてなかったのか」

蓮斗は言いながらも、詩穂を逃がすまいと彼女の右手を握った。

詩穂はぱちくりと瞬きをした。そのインターンなら今二十三歳か二十四歳くらいのはずだ。ジェニファーがとても大人っぽかったので、そんなに若いとは思わなかったのだ。

蓮斗が話を始める。

「金曜の夜、突然ミズ・マクブライトがソムニウムを訪ねてきたんだ。彼女がまさかまた日本に来るなんて、心底驚いたよ。遅い時間だったから……会社には俺と啓一しかいなかった。啓一はとにかく彼女に腹を立てていて、会うなりけんか腰になったたから、俺は冷静に話をするために彼女を連れ出したんだ」

「そのときにワインを飲んだの？」

詩穂の問いかけを聞いて、蓮斗は首を傾げる。

「いいや、行ったのはチェーン店のカフェだ。どうしてワインを飲んだと思ったんだ？」

逆に問われて、詩穂は瞬きをして答える。

「え、だって、昨日おかえりのキスをしたときに、ワインの香りがしたんだもん……」

「あれは、ミズ・マクブライトが帰ったあと、啓一と一緒にバーで飲んだんだ。啓一に彼女の話を報告したかったから」

「そうだったの」

「話を戻すぞ。カフェに行ったら、ミズ・マクブライトに合併の話を持ちかけられて、その場で断った」

「どうして？」

蓮斗は不思議そうに首を傾げる。

「どうしてって……ミズ・マクブライトと一緒に働いていた誰もが、彼女に不信感を持っているんだぞ？　それにゲームの企画を盗用したのかって問い詰めたら、父親が兄を副社長にしようとしてたから、自分のことを認めさせるためにやったと白状した。父親が倒れたってのも嘘だった。そんな利己的な理由で嘘までついて俺たちを裏切ったのに、合併なんてできるはずがない。企業の利益どうこう以前の問題だ」

蓮斗の声には怒りがこもっていた。

「でも、今朝も会ったんだよね？」

詩穂は駅からスマホを取りに戻ったときに、蓮斗とジェニファーの姿を見かけたことを話した。

「朝、帰国する前にもう一度話したいとメールがあったんだ」

「それで、私に内緒でこっそり会ったんだ」

詩穂の言葉を聞いて、蓮斗は苦い表情になった。

「それは悪かったと思う。だけど、彼女が詩穂のことを知ったら……あんな嘘をつくような女性だ。もしかしたら、詩穂のことを傷つけるかもしれない。それだけは避けたかったんだ。で、彼女が部屋に来たがったから、ふたりきりになりたくなくて、タクシーで会社の近くのカフェまで行った」

蓮斗は詩穂を抱き寄せた。

「詩穂を守りたかった。詩穂にいらない心配をかけたくなかった。それがすべて裏目に出てしまって……すまない」

「彼女とどのくらい一緒にいたの？」

「タクシーで移動した時間を含めて三十分くらいだ。カフェに行って、彼女がぜんぜん反省してないってわかった。だから、『ソムニウムは絶対にマクブライト・テクノロジーズとは合併しない。二度と連絡しないでくれ』ってはっきり言った」

蓮斗は一度詩穂の肩を撫でて言う。

「ミズ・マクブライトと別れてから、詩穂の予定を聞こうと思って電話したんだ。でも、詩穂は電話に出なかった」

「スマホを忘れてたの」

「そう言ってたな。それを知らなくて二回電話したけど、二度とも出なかった」

「二度目はいつくれたの？」

「部屋の前でミズ・マクブライトに会った直後だ。二時前くらいだな」

ということは、詩穂がジェニファーの前から逃げ出したあと、蓮斗が戻ってきたのだろう。

「私、その直前にマクブライトさんと会った。そのとき彼女が、蓮斗に好きだって言われたって」

蓮斗が憤然として答えた。

「彼女にまだ俺のことが好きだとは言われたが、俺が彼女を好きだと言うわけがない！　六月に彼女がアメリカに帰るときに別れてから、好きだとは一度も言ってない」

「やっぱり彼女と付き合ってたんだ」

「……半年間くらいな」

蓮斗は気まずそうな顔をした。けれど、彼を責めることはできない。詩穂だって四ヵ月前まで弘哉と付き合っていたのだ。

「マクブライトさんは、アメリカにいる間も蓮斗と連絡を取り合ってたって言ってたけど？」

「何度か彼女のお父さんの容態を尋ねたことはある。ソムニウムの社員みんなが心配してたからね」

「じゃあ、彼女はそれを全部自分にとって都合のいい嘘に言い換えたんだ……」

蓮斗はため息をついた。

「しかも俺には、俺に会う直前、マンションの廊下で詩穂と会って話をして、おまえに『私よりもミズ・マクブライトの方が蓮斗にふさわしいとわかりました。私は身を引きます』って言われたって語ったんだ」

（マクブライトさんは蓮斗にもそんな嘘をついたのね！）

詩穂は驚きながらも、不安になって蓮斗に問う。

「それで……なんて答えたの？」

「そんなのは信じない。たとえ詩穂がそう言って俺の前から去ったとしても、俺は絶対に詩穂を諦めない。追いかけて、つかまえて、二度と離さないって言った」

蓮斗の言葉を聞いているうちに、詩穂の目頭が熱くなった。

こんなにも自分を信じてくれている人を、どうして疑ってしまったんだろう。

「……マクブライトさんは、なにか言った……？」

「『私のときはそんなふうに追いかけてくれなかったのに』って。彼女にきっぱり別れを告げて詩穂を探しに行ったから、さすがにもう諦めてくれたと思う。今日の夜の便で帰国する予定だったそうだし」

詩穂は蓮斗の胸に頭を預けた。耳を澄ましたら、シャツ越しに彼の鼓動が伝わってくる。それはドキドキととても速くて、その音を聞いているうちに、胸に温かな気持ちが広がっていく。

「疑って……ごめんなさい。あんなにキレイで地位もある人を前にして……自信がなくなって……」

「俺が欲しいのは詩穂だけだ。おまえがそばにいてくれたら、俺は強くなれる。成長できる。そんな気持ちにしてくれるのは詩穂だけだ。詩穂じゃなきゃダメなんだ」

詩穂はそっと蓮斗を見上げた。蓮斗は深く息を吐き出す。

「バカみたいにあちこち探し回ったんだぞ。いったん部屋に戻ることにして今さっき部屋に入ったら、詩穂の靴があってホッとしたんだ。それなのに、『蓮斗とはすっぱり別れる』なんて話してる声が聞こえて、心底焦った。詩穂の心が本当に俺から離れていたら……と思ったら、怖くてたまらなかった」

蓮斗は詩穂をギュウッと抱きしめた。

「本当にごめんなさい。でも、最初にインターンのことを話してくれたときに、付き合ってたことも教えてほしかったな……」

「詩穂に再会したとき、過去に付き合ってた女の話なんてしたくなかったんだ。それはたぶん、また詩穂を好きになる予感がしてたからだと思う」

彼の言葉を聞いて、詩穂の目に涙が浮かんだ。詩穂は上目で蓮斗を見て、怒っていないだろうかと様子をうかがう。蓮斗は詩穂の涙を親指で拭い、片方の口角を上げてニッと笑った。

「なに、おとなしくなってんだよ。らしくないな。しおらしい詩穂なんて、不気味なだけだぞ」

「なにその言いぐさ！　人がせっかく反省してるのに！」

「だったら、反省は言葉じゃなくて態度で示してもらおうかな」

言うなり蓮斗は詩穂をベッドに押し倒した。キスをしながらニットをたくし上げようとするので、詩穂は慌てて彼の手首を掴む。

「ダメ！」

「どうして？　反省してるんだろ？」

「してるっ。してるけどっ！　亜矢美に電話しないと！」

蓮斗も気づいたようで、ため息をついてベッドに起き上がった。

「通報されたら大変だ」

詩穂は弾かれたようにベッドから飛び降り、リビングに走ってカウンターの上のスマホを掴んだ。そうして亜矢美に電話をかける。

『もしもし、詩穂っ？　大丈夫？』

電話がつながって、詩穂が口を開くより早く、亜矢美の声が聞こえてきた。

「亜矢美、心配かけてホントにごめん。話をして、全部誤解だったってわかったんだ」

『ホントにホント？』

亜矢美の声はまだ心配そうだ。

「うん。全部マクブライトさんが蓮斗とよりを戻したくてついた嘘だったの」

『でも、須藤くんはその美女と付き合ってたんでしょ？　それは間違いないんだよね？』

「そうだけど、それは私と再会する前の話だし。私も彼と再会する前は……うーん、再会してしばらくの間は……元カレのことが好きだったから」

蓮斗がベッドルームから出てきてスツールに座った。隣で立って話している詩穂の腰を持ち、彼の膝に後ろ向きに座らせる。

『えっ、そうだったんだ。須藤くんとは再会してすぐ付き合ったってわけじゃなかったんだね。それはそうと、そのハリウッド美女はアメリカに帰るの？』

「ハリウッドの人かどうかはわからないけど、アメリカに帰ると思うよ。蓮斗がきっぱり言ってくれたから」

『だけど、わざわざ日本に来たんでしょ？　結構しつこそうだけど、大丈夫なの？』

詩穂が答えようとしたとき、蓮斗が詩穂のキャミソールの下に手を入れた。詩穂は無言でニットの裾を引き下げたが、彼の自由な方の手にうなじの髪を掻き上げられて、首筋にキスが落とされる。

「……っ」

思わず声をあげそうになって、詩穂は右手で口を押さえた。

『詩穂？　やっぱり不安なの？』

「えっ、あ、そうじゃなくて……」

詩穂の手がニットから離れたのをいいことに、蓮斗が背中のブラジャーのホックを外した。彼の指先がくすぐるように素肌を這って、丸い膨らみを包み込む。

詩穂はスマホの通話口を押さえて彼の方を向いた。

「蓮斗！」

小声で彼を牽制したが、蓮斗は動じる様子もない。

「報告、まだ終わらないの？」

胸元に口づけながら言われて、詩穂の背筋が甘く震えた。

「まだだけど……」

「じゃあ、話を続けたらいい」

蓮斗は詩穂をカウンターの上に座らせて、耳たぶに、首筋に、肩にキスを落としていく。詩穂は甘い吐息をこぼし、とろけそうになる頭を振ってスマホを耳に当てた。

「亜矢美、心配してくれてありがとう。でも、本当にもう大丈夫だよ……」

詩穂の声がとろりとしているのに気づいたのか、亜矢美の笑い声が聞こえてきた。

『長電話したら、須藤くんに悪いよね。また連絡して。今度こそ本当に飲みに行こう。約束だからね！』

直後、通話が切れた。蓮斗は詩穂の手からスマホを取ってカウンターに置き、彼女を抱き上げる。

「俺をヤキモキさせた分、今夜は寝かせないから覚悟しろよ」

「えっ、でも、晩ご飯くらい食べようよ」

「俺は詩穂を食べるからいい」

「私はお腹空いたんだってば！　それにヤキモキしたのは私も一緒でっ」

ベッドルームに運ばれ、ベッドに寝かされて、詩穂の抵抗を封じるようにキスが繰り返される。

「どんな雑音にも惑わされないくらい、もういいかげん、俺に溺れてくれ」

蓮斗のもどかしげな声が降ってきた。彼にまっすぐ見つめられ、詩穂はそっと右手を伸ばして彼の頬に触れた。蓮斗がその手を掴んで指先を口に含む。詩穂の指に舌を這わせる彼の表情にあまりに色気があって、詩穂の胸がドクンと鳴った。

「蓮斗……」

詩穂が吐息交じりに彼の名を呼んだとき、蓮斗のブラックジーンズのポケットから、低い振動音が聞こえてきた。

蓮斗は顔をしかめてポケットからスマホを取り出した。画面を見て、さらに険しい表情になる。

「どうしたの？」

「……いや」

蓮斗がはっきり答えないので、詩穂は彼の手首を掴んでスマホの画面を自分の方に向けた。振動を続けるスマホには〝ジェニファー・マクブライト〟の文字が表示されている。今この瞬間、彼女が蓮斗に電話をかけているのだ！

詩穂が目を見開き、蓮斗は電話を切った。だが、彼が電源を切ろうとするより早く、再び着信を受けてスマホが振動し始める。

「出たら？」

詩穂の言葉を聞いて、蓮斗は首を横に振った。

「俺には彼女と話すことはない」

「私にはあるよ」

蓮斗は怪訝そうな表情になった。

「文句を言いたいのか？」

「文句とはちょっと違うかな」

蓮斗が詩穂を見つめ、詩穂は黙って頷いた。蓮斗は唇を引き結び、スピーカーホンにして電話に出る。

「もしもし」

『蓮斗さん！　出てくれて嬉しい。私、日本を離れる前に、どうしても蓮斗さんの声が聞きたかったの……』

そう言った声は、あの嘘つきの女性のものとは思えないくらい、か弱かった。

詩穂は背中のホックを留めて、ベッドに座り直す。

「マクブライトさん？」

詩穂の声を聞いて、電話の向こうで息をのむ気配がした。

「私、小牧詩穂です。あなたに言いたいことはいっぱいあるけど、あなたの気持ちもほんの少しわかるから、文句は控えておきます」

『……あなたになにがわかるって言うのよ』

さっきとは打って変わって、とげのある低い声が返ってきた。

「誰かを好きになって、その人に自分をよく見せようと、自分を偽りたくなる気持ち。

それは私にもわかります」

『わ、私は自分を偽ってなんかないわ』

「でも、嘘はついた」

ジェニファーがなにも答えないので、詩穂は話を続ける。

「自分を偽ったり嘘をついたりして欲しいものを手に入れても、それはいつか自分の手から逃げていってしまう。本当に大切なものを手に入れたいと思うのなら、ありのままの自分でいなければいけないいんだと思います」

スピーカーからなにも聞こえてこないので、詩穂は電波の状態が悪くて声が彼女に届かなかったのかと心配になった。けれど、数秒してジェニファーの声が返ってくる。

『あなたって嫌な女』

そう言ったジェニファーの声は、少し涙交じりにも聞こえた。

『パパの愛も欲しかったけど、蓮斗さんの愛も欲しかった。どっちも手に入れたかっただけなのに』

蓮斗から聞いた通り、ジェニファーには、兄を副社長にしようとしていた父に認められたいという気持ちがあったのだろう。彼女の嘘にはたくさんの人が傷つけられたが、詩穂はジェニファーが少し気の毒になった。

「マクブライトさん……」

『本当に嫌な女。あなたなんて大嫌い。でも、蓮斗さんの幸せは祈ります。祈るのは蓮斗さんの幸せだけだからっ！』

直後、通話がプツッと切れた。詩穂は呆気にとられたままスマホを見つめる。蓮斗はスマホを操作して連絡先一覧を表示させ、ジェニファーの番号を削除した。

「えっ」

詩穂は驚いて蓮斗を見た。

「俺が彼女と関わることは二度とない。もし仕事上でマクブライト・テクノロジーズがソムニウムと関わることがあるとしても、それはほかの社員が納得してからでなければならない。俺と彼女がプライベートでやりとりする問題じゃない」

蓮斗はスマホの電源を切ってサイドボードに置いた。

「さて。ヤキモキさせられたお仕置きをしようかな」

蓮斗はニヤッと笑って、詩穂をゆっくりとベッドに押し倒した。

「だから、私だってヤキモキしたんだけど！」

「今は？」

「今？」

「そう。まだヤキモキしてる?」

詩穂は瞬きをして蓮斗を見た。

「正直に言うと……すっきりしたけど」

「ふぅん」

蓮斗は詩穂の右手を掴んで口元に寄せ、指先にチュッと音をたててキスをした。

「俺はまだすっきりしないな」

「えっ、どうして?」

見上げた蓮斗の瞳には、不敵な光が宿っていた。蓮斗の唇が詩穂の指先から手のひらへと移動し、手首にキスを落とす。

「俺が一番詩穂にキスしたい。一番詩穂を感じさせたい」

「い、一番って……だ、誰と張り合ってるの」

「わかるだろ?」

蓮斗は詩穂のニットとキャミソールを脱がせると、着ていたカジュアルシャツを脱ぎ捨てた。

「俺と再会しても、詩穂が想っていた男だ」

詩穂は小さく息をのんだ。亜矢美との電話での会話が彼に聞こえていたのだろうか。

「詩穂の心にほかの男がいるなんて我慢できない」

そう言った蓮斗の声には嫉妬がにじんでいた。

詩穂のブラジャーから覗く丸みに彼が口づける。

「私の心にはもう蓮斗しか」

いない、と言いかけたとき、胸元にチリッとした痛みが走った。

「あっ」

彼の唇が離れ、見下ろした肌に小さな紅い花が咲いている。

「詩穂の心の隅から隅まで、体の隅から隅まで、俺色に染め上げたい」

蓮斗は詩穂の両手を掴み、頭の上でひとつにまとめた。彼の唇が二の腕から肩へ、胸元からお腹へと、詩穂の肌をついばみながら移動する。その淡い刺激に、詩穂は背中を仰け反らせて甘い吐息をこぼした。

「詩穂の全部にキスをしたい」

蓮斗が詩穂をゆっくりとうつぶせにした。彼の両手に腰を掴まれ持ち上げられて、詩穂はベッドの上で四つん這いになる。

「蓮斗？」

詩穂は振り返ろうとして、首筋に口づけられて腰がビクリと震えた。

「んっ」

背中のホックが外され、ブラジャーが腕を伝ってシーツに落ちた。背後から大きな手のひらに膨らみを包み込まれ、肩から背中、腰へと体のあちこちにキスの雨が降らされる。彼の手のひらが、彼の唇が触れたところから、熱が生まれて広がっていく。

「詩穂は俺だけのものだ」

その言葉の通り、心のすべてが、体のすべてが、蓮斗を求めて淡く疼く。蓮斗の色に染められていく。

こんなにも彼に想われて、こんなにも彼を想ってる。

「蓮斗……っ」

詩穂はギュッとシーツを掴んだ。

もう彼のことしか考えられない。

もしかしたら、これからもまた蓮斗に想いを寄せる女性が現れるかもしれない。けれど、もう絶対に惑わされない。

そう確信しながら、詩穂は彼に与えられる甘美な刺激に身を震わせた。

詩穂は蓮斗と一緒に夕食の食材を探していた。

キミと永遠を誓うために

「やっぱりチキンは外せないよな」

「七面鳥じゃなくて？」

「いくらデパートでも七面鳥なんか売ってないだろ」

クリスマスイブ。デパートの生鮮食品売り場を回りながら、詩穂は蓮斗と一緒に夕食の食材を探していた。

おしゃれなレストランを予約してロマンチックなクリスマスディナーを……とも考えたが、『ふたりで料理をして家でゆっくり過ごすのもいいな』という蓮斗の提案に乗ったのだ。ツリーを飾るだけでなく、リビングの壁にモールを貼って、カウンターにはキャンドルを置いた。そういう作業も楽しかった。

詩穂は野菜売り場でブロッコリーを指差して言う。

「ね、ブロッコリーを茹でてツリーみたいに積んでもいい？　前にテレビでやってるのを見て、かわいいなって思ってたんだ。ニンジンを星形に抜いたり、マヨネーズをモールに見立てて飾ったりするの」

「うーん、ブロッコリーかぁ」

「苦手なの？」

「好きでも嫌いでもない」

「ふーん、じゃあすごく大きなブロッコリーツリーを作っちゃお！」

「ブロッコリーを買い占めたらほかの客の迷惑になる。やめておけ」

クリスマスイブだというのに、ロマンチックとは程遠い会話をしながら、食材をカゴに入れていく。

「ケーキはパティスリーで買ったらいいよね」

「いや、俺が作る」

蓮斗がきっぱりと言い、詩穂は驚いて足を止めた。

「ええっ、それって食べられるの？」

「失礼なやつだな」

蓮斗が詩穂の額を軽く小突いた。どこかでしたような会話だと思いながら、詩穂は小さく舌を出す。

「俺だって、たまには詩穂にうまいものを作って食べさせてやりたいって思うんだよ。いつもおまえが作ってくれて……感謝してる」

最後のひと言は口の中でもごもご言った。

「え、なに？　聞こえな〜い」

詩穂はわざとらしく片手を耳に当てた。

「二度と言わない」

蓮斗が拗ねたように言って先に歩き出した。詩穂は慌てて彼に追いつき、彼の左腕に腕を絡める。

「私は……蓮斗がそばにいてくれて感謝してる」

小さな声で言ったら、蓮斗が足を止めた。そうして頬の辺りを染めながら詩穂を見つめる。

「それは俺も一緒だ」

そうして詩穂の額に自分の額をコツンと当てた。

「やっぱり……イブは家で過ごすことにして正解だったな」

「どうして？」

「いつ俺の自制心が吹っ飛ぶかわからないからな。ふたりきりで過ごす方がいい」

蓮斗は詩穂の手を握って歩き出した。大きな手に包まれて、ドキドキするのに安心する。この感覚がなによりも好きだ。

製菓材料コーナーが見えてきて、蓮斗が立ち止まった。

「なにを作るかお楽しみにしたいから、詩穂、出口で待っててくれないか？」

「わかった」

詩穂は蓮斗の手を離して、デパートの出口に向かった。本当は蓮斗と離れるのは寂しいけれど、仕方がない。

途中で洋菓子コーナーを通ったら、すごい人だった。どこのパティスリーでも、ショーケースの前にクリスマスケーキを求める人が行列をなしている。

蓮斗に作ってもらうことにして正解だった。

そんなことを思いながら出口に行った。


その後、会計を済ませた蓮斗と一緒に、ワイン専門店でスパークリングワインと赤ワインを買って帰宅した。時刻はまだ夕方の四時前だったが、蓮斗には「今からケーキを作るから、キッチンには立ち入り禁止」と宣言された。

仕方がないので、詩穂はパソコンデスクを置いてある部屋に行った。チェアに座ってスマホを操作する。

〝ハンドメイド・コネクション〟のアプリを立ち上げて、〝ショップを見る〟のアイコンをタップした。すると、丸みのあるイラストで描かれた地図が表示された。ロールプレイングゲームで見かける町のような作りになっていて、湖のそばや森の中にカラフルな屋根の家がある。それらはすべてアプリ利用者が出店している店だ。

店の外観は形から屋根や壁の色まで、好きなように変えることができる。また、店をタップすると〝手作りアクセサリーショップ〟〝合わなくなった洋服をリメイクします〟〝あなただけのオーダーメイド浴衣の店〟など、店の紹介文が表示されるのだ。

さらに、掲示板もあって、こういうものを作ってほしいといった要望を出したり、必要な材料についてアドバイスを求めたりすることも可能だ。

詩穂はさまざまなショップを覗き、羊毛フェルト小物の店を見つけた。

商品の画像を見ているうちに、羊毛フェルトで作ったミニポーチを見つけた。スマホが入るくらいの大きさで、バッグの持ち手に引っかけて使うタイプのものだ。ベージュからダークブラウンへとグラデーションしているデザインもかわいいし、蓋代わりのベルトもおしゃれだ。

(これをあのふわふわの羊毛フェルトから作っちゃうなんて、すごい)

詩穂は感心しながら、買おうかどうか悩んでいると、キッチンの方でガシャンと大きな音がした。

「どうしたの、大丈夫？」

詩穂は部屋のドアを開けて、キッチンの方に声をかけた。

「……悪い。ボウルを落としたんだ。ちょっと床が悲惨なことになったけど……どうにかする」

「手伝おうか？」

「いや、いい」

「わかった。でも、手伝いが必要になったらいつでも言ってね」

「絶対に言わない」

詩穂は思わず噴き出した。

こんなアプリを難なく作ってしまうのに、スイーツ作りに関しては要領が悪いようだ。それなのに、詩穂のために一生懸命作ってくれている。それを思うと、嬉しくてこそばゆいような気持ちになる。

ドアを閉めてチェアに座り、再びスマホを見る。その瞬間、詩穂は「あっ」と声をあげた。

さっき見ていたミニポーチの上に、〝ＳＯＬＤ　ＯＵＴ〟の文字が表示されていたのだ！

（迷っている間に誰かに買われた〜！）

詩穂は思わず頭を抱えたが、でも大丈夫なのだ。

利用者からのフィードバックを受けて、数回前のアップデートで、ショップにリクエストを送信できる機能が追加されている。

詩穂は、さっきのミニポーチをもう一度出品する際にはお知らせしてほしい、とリクエストを送り、画面を閉じた。

大学時代に興した会社は十ヵ月で幕を下ろした。〝ハンドメイド・コネクション〟がリリースされてから一ヵ月と少ししか経っていないが、もっとずっと長く続けていけそうな気がする。それは、蓮斗の、ソムニウムのバックアップがあるからだ。ひとりじゃない、という気持ちが、毎日に勇気をくれる。

それもこれも、蓮斗がそばにいてくれるからこそ。

耳を澄ましたら、焼き上がりを知らせるオーブンの電子音が聞こえてきた。順調にケーキ作りを進めているようだ。

詩穂は温かな気持ちになって微笑んだ。

それから先週買った恋愛小説を開いてかなり読み進めた頃、キッチンから蓮斗の大きな声が聞こえてきた。

「できた～！」

詩穂は笑って部屋のドアを開けた。

「もう行ってもいい？」

「ちょっと待ってくれ」

直後、冷蔵庫のドアを開けて閉める音が聞こえ、「もういいよ」と彼の声が答えた。

キッチンに行くと、蓮斗がボウルや泡立て器などを洗っているところだった。

「じゃあ、ディナー作りに取りかかろうか」

詩穂が冷蔵庫のドアに手をかけたとたん、蓮斗が「開けるな！」と声をあげる。

「あ、そうか。開けたら見えちゃうわけだ」

詩穂はカウンターに置かれているトマトを手に取った。

「じゃ、先にブルスケッタの準備をするね」

「頼む」

詩穂はひとり暮らしを始めたときに買ったイタリア料理のレシピ本を広げた。そうして手順通りにトマトを湯むきして種を取り、サイコロくらいの大きさにカットした。それをボウルに入れて塩こしょうし、手でちぎったバジルの葉とオリーブオイルを加えて混ぜ合わせる。これをしばらく置けばケッカソースのできあがりだ。それから、バゲットを一センチくらいの厚さにスライスしてこんがりと焼き、ニンニクをすりつけた。ソースをのせるのは食べる直前だ。

「洗い物終了！」

蓮斗が冷蔵庫から鶏もも肉と野菜を取り出した。ブロッコリーのツリーは詩穂の担当なので、ブロッコリーを小房に切り分けた。ジャガイモを茹でてマッシュポテトを作り、大皿の上に円錐型に盛りつける。塩茹でしたブロッコリーをツリーに見えるように盛り、プチトマト、型抜きしたニンジンやチーズ、パプリカで飾りをつけた。最後にモールに見立てたマヨネーズで飾ればできあがりだ。

隣では蓮斗が市販のシーズニングミックスを振った鶏肉を、フライパンで焼いていた。その横顔は仕事中と同じくらい真剣だ。

詩穂は今度はホタテ貝のカルパッチョ作りに取りかかる。貝柱とマッシュルームをスライスして、大皿の上に平たく並べた。塩こしょうしてレモン汁を絞り、オリーブオイルを回しかければできあがりだ。

「もうできちゃった」

蓮斗の方を見ると、彼はトングを使って鶏肉をひっくり返していた。皮目にパリッとした焼き色がついていて、おいしそうだ。

「いい匂い」

詩穂は目を細めた。

「上出来だろう？」

蓮斗の口調はどことなく誇らしげだ。

「そろそろ盛りつけてもいいよね」

詩穂はバゲットにケッカソースをのせて皿に並べた。それをほかの料理とともにカウンターに置く。

蓮斗が焼き上がったチキンを皿にのせて、準備は完了だ。

時計を見たら七時半を回っていた。

蓮斗がスパークリングワインのコルクを抜いて、ポンという小気味いい音が響く。それをシャンパングラスに注ぐと、金色の泡がふつふつと立ち上った。

「メリークリスマス！」

カウンターのスツールに並んで座って、グラスを合わせた。ひと口飲むと、ほんのりと甘いスパークリングワインが口の中で弾ける。

ブルスケッタはカリッと焼けた部分と、ソースの染み込んだ部分のバランスがよく、噛むと口の中にソースがジュワッと広がった。

「うまいな」

「蓮斗のチキンもおいしそうだよ」

詩穂はフォークとナイフを使って、ひと口サイズに切ったものを口に運んだ。皮がパリッとしていて、ハーブの利いたスパイスが美味だ。

「焼き加減もちょうどいいし、スパイスが利いていておいしい！」

「ま、俺が焼いたからな」

「うん、ありがとう」

詩穂の言葉を聞いて、蓮斗が目を見開いた。

「詩穂が素直だと拍子抜けする」

「どういう意味よ？」

「蓮斗は焼いただけでしょ、とか言われるかと思ったよ」

「私、そんなに性格悪くないし」

相変わらずロマンチックさに欠ける会話をしながら、料理を食べた。お待ちかねのデザートタイムになり、詩穂はワクワクしながら蓮斗を見る。

「どんなケーキを作ってくれたの？」

「まあ、見てのお楽しみだな」

蓮斗がスツールから立ち上がって、冷蔵庫を開けた。背中を向けてケーキを隠しながら戻ってきたが、詩穂の前でくるりと向きを変える。

「メリークリスマス」

蓮斗がカウンターに置いたケーキを見て、詩穂は息をのんだ。ハート型の生クリームケーキの上に、色とりどりのエディブルフラワーが散らされているのだ。赤、オレンジ、黄、ピンク、紫……華やかで鮮やかで、まさかこんなにおしゃれなケーキが出てくるとは思ってもみなかった。

「すごい……キレイ」

詩穂は感嘆のため息をついた。

「エディブルフラワーはまだあるんだ。詩穂も飾りつけしてみる?」

蓮斗は花が入った透明のカップを詩穂に差し出した。

「うん……」

あまりの美しさに感動しながら、詩穂はカップの中の花をつまみ、ケーキの上にパラパラと散らした。それを繰り返して花が残り少なくなり、詩穂は左手の上にカップの中身を空けた。すると、小さなピンクと紫の花と一緒に、コロンと円いものが手のひらに転がる。

「え……」

それを見て、詩穂は言葉を失った。

それはプラチナのリングだった。柔らかなラインが優美なデザインで、中央には大きなダイヤモンドが輝いている。

「まだ……付き合って二ヵ月だから、気が早いと思うかもしれない。でも、この気持ちは、これからどれだけ月日を重ねても絶対に変わらないと誓える」

蓮斗は隣のスツールに座って、詩穂の手のひらから指輪をそっとつまみ上げた。

「詩穂とずっと一緒にいたいんだ。詩穂が俺のそばで一生笑ってくれることが、今の俺のソムニウムだ」

蓮斗が詩穂を見た。そのまっすぐな眼差しに、詩穂の心臓がトクンと音をたてる。

「詩穂、俺と結婚してほしい」

これ以上ない嬉しい言葉に、胸の奥から熱いものが込み上げてくる。

「すごく嬉しい。私も……蓮斗とずっと一緒にいたい。蓮斗と結婚したい」

蓮斗が詩穂の左手を取って、薬指に指輪をはめた。ダイヤモンドが可憐に輝き、ひんやりとした指輪の重みが、彼の気持ちの揺るぎなさを伝えてくれる。

「どうしよう……すごく幸せ」

詩穂は涙で目を潤ませながら蓮斗を見た。涙でにじんだ蓮斗の顔が優しく微笑む。

「俺も幸せだ」

蓮斗は詩穂の左手にそっとキスを落とした。そうして詩穂を見る。

「詩穂、愛してる」

「私も……愛してる」

詩穂は胸がいっぱいで、声が震えた。

蓮斗が詩穂の両手を握り、どちらからともなく唇を重ねる。

花々の香りに包まれながら交わすキスは、いつもよりずっとずっと甘かった……。


【END】

あとがき

はじめましての方も、お久しぶりの方も、こんにちは！　このたびは『独占溺愛〜クールな社長に求愛されています〜』をお読みくださり、ありがとうございます！

本作の主人公・詩穂は、大学時代の挫折が原因で、自分に自信が持てなくなってしまいました。おまけに冒頭では、政略結婚が原因で別れなければならない恋人と、ややこしいことになってしまいます。そんな失意のどん底にいる彼女が、一番会いたくないと思っていた大学時代のライバル・蓮斗に偶然再会して、物語が動き出します。一見、蓮斗の方がリードしているようで、彼自身、かつて詩穂の存在に助けられていて……。

言いたいことを言い合いながらも、ライバルで友達という関係性ゆえに、肝心な想いを伝えられない同い年のふたり。近いようで遠い、もどかしい距離感にヤキモキしつつ、ふたりの恋の物語を楽しんで読んでいただけたなら嬉しいです。

さてさて、本作の節タイトルなのですが、最初を除き、すべて蓮斗目線でつけています。センスのあるキャッチーなタイトルがいつも思いつかず、今回も苦し紛れでつけました。が！　そのときの蓮斗の心情が伝わるのでは……と勝手に期待しております（笑）。

最後になりましたが、本作を含め、拙作を応援してくださったみなさま、キュートな詩穂と超絶かっこいい蓮斗のステキな表紙イラストを描いてくださった梶山ミカさま、そして本作の出版にあたってご尽力くださいましたすべての方々に、心よりお礼を申し上げます。

また、本作をお手に取ってくださった読者のみなさま、本当にありがとうございます。読んでくださるみなさまの存在が、作品を書く一番のエネルギーです！

またどこかで、ぜひお目にかかることができればと願っています。それが今の私の〝ソムニウム〟です。

最後までお付き合いくださいまして、本当にありがとうございました。

心からの感謝を込めて。

ひらび久美《くみ》

ひらび久美先生への
ファンレターのあて先

〒104-0031
東京都中央区京橋 1-3-1
八重洲口大栄ビル 7 F
スターツ出版株式会社　書籍編集部　気付

ひらび久美先生

本書へのご意見をお聞かせください

お買い上げいただき、ありがとうございます。
今後の編集の参考にさせていただきますので、
アンケートにお答えいただければ幸いです。

下記 URL または QR コードから
アンケートページへお入りください。
https://www.berrys-cafe.jp/static/etc/bb

独占溺愛～クールな社長に求愛されています～

2019年12月10日　初版第1刷発行

著　者　ひらび久美
©Kumi Hirabi 2019

発行人　菊地修一

デザイン　カバー　北國ヤヨイ
フォーマット　hive & co.,ltd.

校　正　株式会社　文字工房燦光

編　集　阪上智子　三好技知（ともに説話社）

発行所　スターツ出版株式会社
〒104-0031
東京都中央区京橋1-3-1　八重洲口大栄ビル7F
TEL　出版マーケティンググループ　03-6202-0386
（ご注文等に関するお問い合わせ）
URL　https://starts-pub.jp/

印刷所　大日本印刷株式会社

Printed in Japan

ISBN 978-4-8137-0809-4　C0193

ベリーズ文庫 2019年12月発売

『不本意ですが、エリート官僚の許嫁になりました』　砂川雨路《すながわあめみち》・著

財務省勤めの翠と豪は、幼い頃に決められた許嫁の関係。仕事ができ、クールで俺様な豪をライバル視している翠は、本当は彼に惹かれているのに素直になれない。豪もまた、そんな翠に意地悪な態度をとってしまうが、翠の無自覚なウブさに独占欲を煽られて…。「俺のことだけ見ろよ」と甘く囁かれた翠は…!?

ISBN 978-4-8137-0808-7／定価：本体640円＋税

『独占溺愛～クールな社長に求愛されています～』　ひらび久美《くみ》・著

突然、恋も仕事も失った詩穂。大学の起業コンペでライバルだった蓮斗と再会し、彼が社長を務めるIT企業に再就職する。ある日、元カレが復縁を無理やり迫ってきたところ、蓮斗が「自分は詩穂の婚約者」と爆弾発言。場を収めるための嘘かと思えば、「友達でいるのはもう限界なんだ」と甘いキスをしてきて…。

ISBN 978-4-8137-0809-4／定価：本体650円＋税

『かりそめ夫婦のはずが、溺甘な新婚生活が始まりました』　田崎《たさき》くるみ・著

新卒で秘書として働く小毬は、幼馴染みの将生と夫婦になることに。しかし、これは恋愛の末の幸せな結婚ではなく、形だけの「政略結婚」だった。いつも小毬にイジワルばかりの将生と冷たい新婚生活が始まると思いきや、ご飯を作ってくれたり、プレゼントを用意してくれたり、驚くほど甘々で…!?

ISBN 978-4-8137-0810-0／定価：本体670円＋税

『極上御曹司は契約妻が愛おしくてたまらない』　紅《くれない》カオル・著

お人好しOLの陽奈子はマルタ島を旅行中、イケメンだけど毒舌な貴行と出会い、淡い恋心を抱くが連絡先も聞けずに帰国。そんなある日、傾いた実家の事業を救うため陽奈子が大手海運会社の社長と政略結婚させられることに。そして顔合わせ当日、現れたのはなんとあの毒舌社長・貴行だった！

ISBN 978-4-8137-0811-7／定価：本体650円＋税

『【極上旦那様シリーズ】俺のそばにいろよ～御曹司と溺甘な政略結婚～』　若菜《わかな》モモ・著

パリに留学中の心春は、親に無理やり政略結婚をさせられることに。お相手の御曹司・柊吾とは以前パリで会ったことがあり、印象は最悪。断るつもりが「俺と契約結婚しないか？」と持ち掛けてきた柊吾。ぎくしゃくした結婚生活になるかと思いきや、柊吾は心春を甘く溺愛し始めて…!?

ISBN 978-4-8137-0812-4／定価：本体670円＋税

タイトル、価格等は変更になることがございますのでご了承ください。